袁筱一 许钧 主编

Cahier d'un retour au pays natal
Discours sur le colonialisme

还乡笔记

[法]埃梅·塞泽尔 著
施雪莹 译

Aimé Césaire

上海译文出版社

# 非洲法语文学：边界、历史与问题
## ——『非洲法语文学译丛』序

对于"非洲法语文学",我们可以有一个很简单的"望文生义"的解释,那就是来自非洲的作家用法语写成的文学作品的总和。即便这样的释义排除了早期非洲的法国殖民者翻译和编撰的非洲口头文学,例如在1828年出版的《塞内加尔沃洛夫族寓言故事》(*Fables sénégalises recueillies de l'Ouolof et mises en vers français*),这一文学的历史仍然可以向前追溯将近两百年的时间。1853年,混血的塞内加尔布瓦拉神父(L'abbé Boilat)完成了近五百页的《塞内加尔草图》(*Esquisses sénégalaises*),这部带有民族志意味的作品已经蕴含了非洲法语文学的萌芽,因为我们很快就会看到,从非虚构到虚构,从随笔到诗歌,从诗歌到小说,非洲法语文学很快就覆盖了几乎所有的体裁,并且再也不容"法国文学"忽视。

只是作品的诞生并不意味着一种独立的文学就此成立。事实上,非洲法语文学在上世纪五十年代末期进入"法语文学",只在《七星百科全书》(*Encyclopédie de la Pléiade*)的"法语文学卷"里占了差不多十几页。当然,这并不意味着进入"法语文学史"——在非洲法语文学还未对法语文学提出问题之前,"法语文学史"在某种意义上并不存在。瑞士的、加拿大的法语文学并不特别构成一个具有整体性的"法语文学"——就是非洲法语文学取得合法性的开始。然而有趣的是,七十年代由苏联高尔基世界文学研究所集体编撰,译成汉语逾五十万言的《非洲现代文学》中,非洲的法语文学却已经得到了较为详尽的描述,许多在20世纪七十年代之前的非洲法语作家都在该书中占有一定位置。或许就是所谓选择事实、判断事实，并且为读者提供何种角度，从而"激励去发现在每一个历史背后的合理性"[1]的问题。将两个在时间上相距不远的文学史书写事件联系在一起让我们清楚地看到，因为并非民族文学的产物，时时处在变化之中的非洲法语文学在要求得到合法性定义的过程中，也对此前建立在民族或者国别文学之上的"世界文学"的合法性不断发起冲击，呼唤另一种阅读、审视与书写世界文学的模式。

我们对于非洲法语文学的翻译与研究也寄身在这一背景之中。因此，在"非洲法语文学译丛"出版之际，我们觉得有必要首先对大多数中国读者并不熟悉的非洲法语文学的地理边界、历史及其所包含的问题做出界定和说明。

## 一、模糊的边界：非洲的还是法语的？

高尔基世界文学研究所的《非洲现代文学》选择了国别文学这一在上世纪颇为流行的"外国"文学史的做法，这就使得非洲法语文学作品散落在不同国家或者地区的文学里，尤其是北非以及西非，例如阿尔及利亚、摩洛哥、突尼斯，或者塞内加尔、马里、象牙海岸（今译科特迪瓦）等。或许这一做法有效地避开了非洲法语文学的地理边界问题，同时也彰显了编撰者的批评立场，即并不将非洲法语文学当作一个整体来对待。

---

1. 海登·怀特著、罗伯特·多兰编，《叙事的虚构性：有关历史、文学和理论的论文（1957—2007）》，马丽莉、马云、孙晶妹译，南京大学出版社，2019年版，第73页。

由是，列奥波尔德·塞达·桑戈尔（Léopold Sédar Senghor）是塞内加尔的作家，波里·哈苏梅（Paul Hazoumé）是达荷美的（即今天的贝宁），沙尔·诺康（Charles Zegoua Nokan）是象牙海岸的，等等。他们越过了"法语"这一语言和文化的边界，从属于更大的非洲文学。

首先突出非洲法语文学中的非洲属性，当然是一种选择。这是我们熟悉的，假设为稳定的地理边界。只是这一选择暗含着一个命题，即非洲法语文学与非洲英语文学、非洲豪萨语文学或非洲斯瓦希里语文学是并列的、同质的，并且一旦形成，从此就可以形成传统，像我们熟悉的国别文学一样代代相传，然而我们都清楚，事实并非如此。即便与非洲法语文学的另一个"法语的"文化属性相比，或许这一地理属性也并非我们想当然的那么稳定。其不稳定性主要源于两点：首先是因为始于15世纪中叶的奴隶贸易早就使得文化意义上的非洲溢出了地理边界上的非洲；其次则在于，正如李安山在《非洲现代史》一书中指出的那样，"将非洲作为一个整体进行分析并不科学[1]"，因为殖民的原因，"非洲是国家最多的大陆"，非洲各国在人口、宗教信仰、语言文化、经济发展以及独立的历史进程等方面千差万别。第一点导致了文学地理意义上的非洲毫无疑问大于政治地理意义上的非洲：除了非洲大陆21个用法语作为官方语言的国家，6个将法语视作通用语言的国家之外，加勒比地区因其与法国之间千丝万缕的关系，也仍

---

1. 李安山著，《非洲现代史》，华东师范大学出版社，2021年，前言，第5页。

然是欧洲和北美洲之外盛产法语文学的地区。第二点则使得哪怕在地理上同属于非洲大陆，甚至同属于非洲大陆的同一板块，例如北非地区，在法语文学方面的产出也是极不均衡的。《非洲现代文学》的章节划分极为清晰地反映了这一不平衡性。非洲法语文学主要散落在五章的内容中，北非的阿尔及利亚、摩洛哥和突尼斯均独立成章，塞内加尔、象牙海岸、几内亚、达荷美、喀麦隆、刚果（布）、马里和中非共和国则共同构成西非一章，另外还有单独成章的马达加斯加（1975年之前为马尔加什共和国），其他法语国家和地区则未有涉及。高尔基世界文学研究所的做法显然有置身该文学之外的"外国文学"研究的立场，但是，值得一提的是，1990年，法国著名的非洲文学学者雅克·谢夫里埃（Jacques Chevrier）的研究著述《非洲文学：历史与主题》(*Littérature africaine: Histoire et grands thèmes*)也采取了类似视角，将非洲法语文学与非洲英语文学并置，虽然非洲英语文学在该书中只占有百分之十的篇幅[1]。

与突出非洲属性相对的，则是突出法语属性的另一种立场。这一立场打破了地理的边界，倾向于区分"黑非洲"与北非马格里布地区，在早期的法国文学史书写中，"黑非洲"的法语文学通常还会因其起始阶段的"黑人性"运动容纳进加勒比的塞泽尔（Aimé Césaire）或是达马斯（Léon

---

[1] 参见米歇尔·奥塞尔（Michel Hausser）、马丁·马修（Martine Mathieu）著，《法语文学 III·黑非洲与印度洋卷》(*Littératures francophones III. Afrique noire, Océan Indien*)，贝林出版社（Belin），1994年，第10页。

Damas)。《法语文学III·黑非洲与印度洋卷》(*Littératures francophones III. Afrique noire, Océan Indien*)为我们列出了一系列相关的指称：1974年，出版了雅克·谢夫里埃的《黑人文学》(*Littérautre nègre*)，将安的列斯群岛（海地以及仍然属于法国海外省的马提尼克和瓜德罗普）、非洲和马达加斯加的法语文学统统囊括在内；1976年，罗伯特·科尔纳凡（Robert Conevin）出版了《黑非洲法语文学》(*Littératures d'Afrique noire de langue française*)，标题中的"文学"采用了复数形式，分国家论述"黑非洲法语文学"，也以此赋予了复数形式以合理的解释；1980年，刚果小说家和教授马库塔-姆布库（Makouta-Mboukou）所著的《黑非洲法语小说导论》(*Introduction à l'étude du roman négro-africain de langue française*)又恢复了法语小说的单数形式，认为黑非洲的法语小说事关"一种"新的、特别的文学；1985年，则出版了《1945年以来的法语文学》，从而将黑非洲法语文学视为包括瑞士法语文学、比利时法语文学甚至是犹太法语文学——例如我们会想起2004年凭借《法兰西组曲》的遗稿获得雷诺多文学奖（Renaudot）的内米洛夫斯基——的法语文学的一部分[1]……

无论是法语在前，还是非洲在前，都不能解决异质、多元和不平衡的非洲法语文学所带来的矛盾。倘若我们把整体性的问题放在一边，只取地理的维度，倒也并不是说不清楚。这一

---

1. 参见米歇尔·奥塞尔、马丁·马修合著，《法语文学III·黑非洲与印度洋卷》，贝林出版社，1994年，第10—11页。

有别于瑞士、比利时或者加拿大的法语文学，主要关乎四块地方：其一是"黑非洲"（即撒哈拉沙漠以南地区）的法语地区，李安山所谓的"西非板块"，是法国或者比利时在西非的旧时殖民地；第二块则是北非的法语地区，也称马格里布地区；第三块则是印度洋的岛屿，包括马达加斯加、毛里求斯和留尼汪；最后一块则在地球另一端的加勒比地区，包括安的列斯群岛和圭亚那。诚然，加勒比不属于地理意义上的"非洲"，但源于15世纪中叶的奴隶贸易却将这块地域与法语文学和文化联系了起来，并且成为最早的"黑非洲"文学的发生地。

　　加勒比几乎是一个象征，预示着非洲法语文学作者们流散的命运。因为奴隶贸易、殖民以及后殖民时代的到来，留下的和出发的几乎随时可以发生变化，非洲法语文学作者们的唯一共同点只在于，无论是20世纪初离开马提尼克来到巴黎，最后又回到马提尼克的塞泽尔，还是在2024年才辞世不久、从瓜德罗普来到法国，继而前往非洲、在美国执教，最后回到法国和瓜德罗普的玛丽斯·孔戴（Maryse Condé），非洲法语文学的作家们都会在法国或者法语文化的时空下或会聚，或交错。以至于在21世纪的今天，勾勒非洲法语文学的边界似乎是一件不可能的事情。因为即便从地域上廓清了非洲法语文学，我们仍然可以追问无穷多的问题：例如如何定义非洲法语文学作者的身份？肤色吗？国籍吗？出生在阿尔及利亚、小说的背景亦会根植于阿尔及利亚的加缪属于非洲法语文学的作者吗？或者，在法国出生、长大，却时不时会回到"非洲主题"

的玛丽·恩迪亚耶（Marie NDiaye）属于非洲法语文学吗？更困扰我们的可能是，"黑人性"运动无疑奠定了非洲法语文学渐渐成为一个整体的基础，但是，来自至今仍然是法国海外省的马提尼克的塞泽尔是"非洲"法语文学的作者吗？如果塞泽尔是，那么，声称自己就是法国人，并且提出了"克里奥尔化"概念的爱德华·格里桑（Édouard Glissant）是"非洲"法语文学的作者吗？

## 二、非洲法语文学的历史与现状

脱离了历史，非洲法语文学的地理边界在某种程度上并没有太大的说服力。

作者来自非洲的或是与非洲相关的，用法语写成的，隐含着"黑人"种族（或者本土居民的）以及由此带来的一系列问题——无论地点是在哪里，欧洲、美洲或者非洲——这是对非洲法语文学的较为宽泛的界定。

如果我们同意这样一种界定，非洲法语文学在不同地区或者国家出现的时间当然也是不同的。开始较早的是加勒比地区：海地的第一部法语小说在1859年就已经出现，是埃梅里克·贝尔若（Émeric Bergeaud）的遗作《斯黛拉》(Stella)，在当时海地独立斗争的背景下，小说号召黑人和混血儿联合起来共同抵抗法国的殖民压迫。但是海地的法语诗歌创作则开始得更早，并且在很长时间都是加勒比地区法语文学的主流体裁，虽然因为诗歌创作的场景往往比较分散，很难说清楚第一首用法语创作的诗歌究竟创作于何时[1]。而西非早期由黑人创作的"文学作品"则较早也可以追溯到1850年,"塞内加尔当地人"列奥博尔德·帕奈(Léopold Panet)发表在《殖民杂志》(Revue Coloniale)上的一篇游记《乘坐"莫加多号"赴塞内加尔的一次旅行》[2]。

然而在19世纪,这些零星的、没有后续的法语文学却并不能形成一个具有整体意义的"非洲法语文学"。当时这些地区的被殖民处境也制约了非洲法语文学的发展,从而让具有萌芽性质的作品只是被当成法国文学极为边缘的一部分来看待,其价值取决于法国读者对于"异国情调"的趣味。对于文学史家来说,这个问题转化为另一个:"非洲法语文学"的源头究竟在于非洲文学呢,还是在于法语文学?在于非洲的口头文学,例如游吟诗人、非洲戏剧,甚至宗教意义上的艺术表演,还是在于已经发展到浪漫主义和现实主义的法国文学?《法语文学III·黑非洲与印度洋卷》的作者指出,"有些人试图在842年的《斯特拉斯堡宣言》中追溯非洲法语文学的诞生",

---

1. 克里斯蒂娜·恩迪亚耶(Christiane Ndiaye)主编的《法语文学导论》(Introduction aux littératures francophones)一书中,茹贝尔·萨迪尔(Joubert Satyre)在《加勒比》一章中提到,海地最早的法语诗歌或许可以追溯到1749年,杜维维埃·德·拉玛奥提埃(Duvivier de la Mahotière)的《离开平原的幼鲭》(Lisette quitté la plaine),但该诗的语言并不是严格意义上的法语,而是加勒比当时已经渐渐形成的另一种杂糅了法语、英语和当地语言的克里奥尔语。具体可参见克里斯蒂娜·恩迪亚耶著,《法语文学导论》,第167页。
2. 参见罗伯特·科尔纳凡(Robert Cornevin)著,《黑非洲法语文学》(Littératures d'Afrique noire de langue française),法国大学出版社(PUF),1976年,第109页。

但是另一方面，在 1808 年，格雷瓜尔神父（L'abbé Grégoire）就已经用《黑人的文学》来证明非洲法语文学更为深刻，并且有别于法国法语文学的传统[1]。

到了 20 世纪初期，已经有一些重要的作品出现，显示出非洲法语文学发展的潜力。例如赫勒·马郎（René Maran）被冠之以"一部真正的黑人小说"的《霸都亚纳》(*Batouala*)。这部小说得到了 1921 年的龚古尔文学奖，在法国也算是轰动一时。只是在非洲法语文学的合法性尚未得到承认的时候，作者的声音也没有得到更加全面的理解。马郎期待着"从此之后，只要我开口就没人再敢提高嗓门"，然而他却陷入了困境，因为他的作品尽管非常温和，但"对于他揭露的体制而言是难以忍受的"[2]。

暂时搁置这一矛盾需要等到 20 世纪三十年代的"黑人性"运动，两种源头真正地汇聚在一起。黑人大学生从与非洲相关的各个地方来到巴黎。在 19 世纪末美国黑人文化复兴运动的影响下，来自加勒比和西非的黑人大学生找到了写作的一致目标：复兴黑人文化，提升黑人文化的价值，以此来反对甚嚣尘上的种族歧视。埃梅·塞泽尔 1935 年在《黑色大学生》杂志中率先创造了"黑人性"一词。到了三十年代末，桑戈尔对"黑人性"做出了回应。《阴影之歌》(*Chants d'ombre*)

---

1. 参见米歇尔·奥塞尔、马丁·马修著，《法语文学 III·黑非洲与印度洋卷》，贝林出版社，1994 年，第 17 页。
2. 阿明·马鲁夫（Amin Maalouf）著，《赫勒·马郎或先驱者的困境》，《霸都亚纳》2021 年版序言，阿尔班·米歇尔出版社（Albin Michel），2021 年，第 13 页。

的诗集中，出现了"黑人性"(《愿科拉琴和巴拉丰木琴为我伴奏》[ Que m'accompagne kôras et balafong ])，但是更重要的是，出现了无数与白色相对的"黑色"的意象：黑色的森林、黑色肌肤，是"白皙的双手""摧毁帝国""使我陷入仇恨和孤独"(《巴黎落雪》[ Neige sur Paris ])。团结在一起发出的声音不再如当年的马郎一般孤单，在当时的环境下，也争取到了巴黎主流文学界的同情。

如果说对于"非洲法语文学"的定义始终模糊，大家在这一指称上达成的重要共识的时间却是清晰的：诗人们发起的"黑人性"运动成为"非洲法语文学"的开端。正是因为其模糊性，"黑人性"这样一个同时具有政治性和文化性的概念暂时弥合了来自不同地方的黑人大学生之间的分歧；而一部分欧洲知识分子，面对即将陷入战争或已经陷入战争或才走出战争的法国与欧洲，也开始反思所谓进步的文明。从20世纪三十年代末到四十年代，"黑人性"运动的领袖们都围绕着马郎开了头的"黑人"的话题，完成了一系列的重要作品，例如塞泽尔在1939年首先发表在杂志上，后来五十年代才在非洲存在出版社出版的《还乡笔记》( Cahier d'un retour au pays natal )；同样写作于三十年代末的桑戈尔的《阴影之歌》等等。四十年代末，"黑人性"运动的创作达到了高峰。1947年，达马斯在法国瑟伊出版社（Seuil）出版了他的《法语诗集》。第二年，桑戈尔也在法国大学出版社出版了著名的《黑人和马达加斯加法语新诗选》。尤其是后者，因为萨特的加持，取得了极大的成功。在《黑色的俄耳甫斯》一文中，萨特为到目前为止只停留在文学意象上的"黑人性"给出了一个比较清晰的解释，即"黑人思想和行为中共有的某种品质"。这篇堪称"黑人性"宣言的序言让黑非洲的诗人们聚集在了同一面旗帜下。

因而，这一代诗人虽然日后同样饱受争议，但是他们却奠定了非洲法语文学的基础。从此，被攻击也罢，被拿来暂时做一面斗争的旗帜也罢，非洲法语文学总算有了成为一个整体的理据，开始拥有自己的历史。而历史一旦揭开序幕，就必有后来。从"黑人性"运动到20世纪七十年代各国的独立战争陆续发生并渐渐告一段落，反殖民的话题成为非洲法语文学第二个阶段的共同核心，顺利地将非洲法语文学的历史延续了下来。文学作为一种证词，记录下被殖民的历史，或是在独立战争期间的现实。正是在赋予自身明确任务，并且对共同需要面对的黑人的命运进行思考的过程中，非洲法语文学没有因为当初的"黑人性"运动的领袖的离散而消失：塞泽尔回到了马提尼克，桑戈尔成了独立之后的塞内加尔共和国的第一任总统，达马斯也在法属圭亚那、法国和美国之间奔波，但是无论在哪里看到的现实，黑人一样免不了悲惨命运。文学必须要做出解释，甚至为黑人、为被压迫的人寻求解放的道路。出生于马提尼克，在巴黎完成精神分析博士学业，后来成为阿尔及利亚医院的精神分析科负责人的弗朗茨·法农（Frantz Fanon）宣称作家"注定要进入他的人民的内心"，或许比此前的第一代非洲法语文学的作者们更清晰地昭示了非洲法语文学的独特使命。

但独立之后的非洲法语文学的命运又将如何呢？殖民毫

无疑问已经被宣判为非正义的以及"政治不正确的",这是否预示着非洲法语文学的共同目标已经得到了解决?只是诚然如我们所看到的那样,在很多非洲国家,独立战争带来的是幻灭。依然是如《法语文学III·黑非洲与印度洋卷》所言,"(非洲法语文学的)未来取决于非洲的法语——或者加勒比的法语——以及法语在非洲的发展与命运,取决于当地语言的命运,取决于图书市场,取决于(新)媒体的扩展与变化"[1]。变化已经产生,写作者个体的命运和足迹不尽相同,他们表述非洲和非洲人的方式也不尽相同,很难再用统一的发展逻辑加以概述。唯一可以加以简要说明的是,在上世纪末到今天的近半个世纪的时间里,随着后殖民时代的到来,非洲法语文学在不断产生新的问题,并且试图从不同角度回答这些问题。非洲法语文学作者的流散不仅没有导致非洲法语文学的死亡,相反,因为其共同的两个源头——"非洲的"和"法语的"——的不断碰撞,总是在激起新的思考,呼唤新的写作方式。对于出生在法国的非裔作家而言,他们拥有第一代写作者的"他者"目光,他们笔下的"自我"和"他者"完全是颠覆性的;加勒比的法语作者们借助法国思想家的理论思考,提出了杂糅的"克里奥尔化"的概念,从"他者"与"自我"不断共生的角度论证了自身所属的文化未来,而不再只是从一味维护和伸张"黑人性"和"非洲性"的角度出发;而出生于非洲的法语写作者

---

[1]. 参见米歇尔·奥塞尔、马丁·马修著,《法语文学III·黑非洲与印度洋卷》,贝林出版社,1994年,第131页。括弧内的文字为作者所加。

们与"法语的"语言和文化之间的关系也发生了巨大的变化。新一代的写作者几乎都拒绝了这样或者那样的标签，但在写作的时候都加强了"与非洲相关"这一源头性因素，使之重复出现在读者、媒体和批评界的眼前，因而也在不断提醒非洲法语文学的存在。

### 三、非洲法语文学的重大主题与理解当代世界的别样角度

非洲法语文学之所以能够作为"一种"文学（*une* littérature）存在，或者说，一种复数的、随时都在变化的文学（une littérature plurielle, changeante）存在，其根本并不在于写作者毋庸置疑的身份（例如国籍、出生地甚至种族），也不在于已经发展了数个世纪、传统被一再定义、一再被经典化的文化，而是在于这些来自世界各地、在精神上将非洲认作故乡的写作者们书写的经验都围绕同样的问题展开。我们能够清晰地认出这些尤其属于——但并不是只属于——非洲文学的问题：历史、身份、性别、文化杂糅……如果我们将"黑人性"运动理解为非洲法语文学的开端，也就不难理解，作为殖民的产物，非洲法语文学与世界化的背景密切关联。一切都是从移动开始的：殖民，被殖民，殖民后。有主动的出击与侵占，也有被动的出走与回归——以及无法回归。是移动带来了身份问题，也是移动使得新一代的作者有了重新思考不同的性别、种族和文化实体之间权利差异的问题，是移动打破了文化的固有边界，产生了文化的杂糅，以碎片的方式而不是以"教化"或者征服

的方式渗透在我们生活的方方面面……

在非洲法语文学的不同阶段，这些问题会呈现出不同的面貌。非洲法语文学中有永远的"异乡人"，回到非洲的法国人是"异乡人"，在法国的黑人也是"异乡人"，甚至去到非洲寻根的加勒比人也是"异乡人"。当塞泽尔写道，"他们不知远游只知背井离乡/他们越发灵活地卑躬屈膝/他们被驯化被基督教化/他们被接种了退化堕落……"，叙事者毫不犹豫地用了"他们"这样的第三人称。当《三个折不断的女人》（*Trois femmes puissantes*）中的诺拉（Nora）来到父亲所在的塞内加尔，"有点讲不清父亲家究竟住在什么地方"，因为"她只知道大概的地址，街区的名字，E区，但二十年来那里建起了那么多幢别墅，她又没怎么去过"，在"她又一次让出租车司机迷失了方向"的时候，在突然来到的丈夫和孩子面前，她感到了茫然和尴尬，因为她觉得或许丈夫会认为，父亲的产业和房子都是她编造出来的。此时，她是和丈夫一样的异乡人，甚至比丈夫——因为无法感受所谓的"异国情调"——更加难以忍受非洲绚烂的凤凰木的腐烂味道。在孔戴笔下，来自安的列斯群岛的维罗妮卡（Veronica）作为一个冷静甚至有点冷酷的叙事者出现在《等待幸福》（*Heremakhonon*）里的非洲时，她生动地诠释了法农在《大地上受苦受难的人们》中道出的那句话："黑人正在从地球上消失……没有完全相同的两种文化"。

与身份或者种族所提出的权力问题相伴相生的，自然还有性别的问题。所有的非洲法语文学写作者几乎都是女性主义者，无关乎写作者是男是女，如果我们把女性主义者理解为格外关注女性的命运以及她们所背负的沉重历史与现时，那么，让女性开口说话，就像第一代作者要让失声的黑人开口说话一样，是非洲法语文学的写作者赋予自身的另一重要使命。即便不像孔戴那样，直接借《薄如晨曦》(*Moi, Tituba, sorcière...Noire de Salem*)里的人物之口道出"男人不爱。他们占有。他们征服"的残酷事实，不得不屈服于非洲传统以及西方的双重父权话语中的女性一向是非洲法语文学写作者——尤其是北非的女性写作者——最喜欢书写的对象。女性或为叙事者，或为第一人称的人物，共同承担起探寻女性过去、现在和未来命运的责任。也正是这些不同时代的非洲法语文学作品告诉我们，女性问题的复杂之处就在于，性别不平等的问题并非像我们开始时所想象的那样，能够通过接受教育，通过站在民族解放、站在种族平等事业的一线，通过奋起反抗就解决了的。奴役并非形式上或者制度上的问题，它一旦进入历史的恶性循环，就会深入意识，就会成为永远在流动着的枷锁。

对于历史真相的追寻和确立，同样是非洲法语文学试图完成的任务之一：如何重建非洲大陆在一次次被侵略的过程中渐渐破碎的文明？或许，最直接的方法就是依靠想象，或者历史的材料还原曾经的、复数的历史真相，恢复在历史断裂之前曾经一体过的——这也同样是一种想象——共同体。我们并不奇怪非洲法语文学中为什么会充满暴力与战争：大到屠杀和各种形式的战争，小到各种宗教的、文化的、个人的冲突。战争可以发生在殖民者与被殖民者之间，但是随着时间的推移，战争在表面上更多地发生在同胞之间。独立或者不独立都不足以避开战争。《裂隙河》(La Lézarde)里的塔埃勒(Thaël)离开家,往山下去,他还不知道,有一场刺杀的任务在等着他。殖民者虽然不得不撤离,但是想要派驻一个他们的代表,来管理已经成为殖民宗主国海外省的朗布里亚纳,仍然变相地维护他们的殖民渗透。代表是一个和塔埃勒一样的当地人,是塔埃勒的同胞,也是人民的叛徒。但这样的一个变节者被刺杀了,却不足以保证构建一个和平、繁荣以及理想的、同质的共同体,因为代表甚至连一个象征都算不上。历史的问题因而也与记忆的问题连接在了一起。伸张书写和评价历史的权利,以"复数"的形式强调记忆的正义性,以"小人物"的个人记忆反抗集体记忆的尝试,这恰恰就是包括非洲法语文学在内的文学"复数"之所在。正如意大利思想家安东尼奥·葛兰西(Antonio Francesco Gramsci)所指出的那样,历史的异质性得到充分实现的条件就是人民大众将为统治阶级服务的价值观内化为自己的价值观[1]。而非洲法语文学便是被唤起的,对于统一的、主流的、殖民性的价值观的反抗形式之一,它必然以异质的面貌出现。

而这一切,仅仅和非洲相关吗?或许,"法语的"这一我们曾经一度认为——法国文学也曾经如此认为——更为重要的

---

[1] 转引自伊夫·克拉瓦隆(Yves Clavaron)著,《法语地区,后殖民与世界化》(*Francophonie, postcolonialisme et mondialisation*),加尔尼埃出版社(Granier),2018年,第141页。

属性，最终只是为了直接对话，让更多的人听到，从而为了更牢固地成为世界文学的一部分而已。

让更多的人听到和理解，让更多的人能够借助对"他者"的理解来丰富对自身的、对自身所处的世界的理解，这也是"非洲法语文学翻译与研究"计划的初衷。对于中国的大多数读者而言，非洲法语文学还是一个陌生的存在。而它的复杂性和多元性也的确为我们快速地理解，继而进入这一新兴的、不过百年历史的文学设置了重重障碍。让大家能够对非洲法语文学的发生，对其过去和现在有初步的感受，是我们决定策划、编选"非洲法语文学译丛"的最根本的想法。因此，我们选择了较为宽泛的非洲法语文学的定义。而我们的出发点也更倾向于历史，而非地理意义的非洲大陆；更倾向于作品，而非作者的身份。因为我们相信，相较于国家与语言边界相对固定的民族文学，非洲法语文学更是开放的，处在时时的变化之中的。但这也正是它的魅力所在。

"非洲法语文学译丛"第一辑共收录六部作品。其中三部是非洲法语文学源头性的作品，分别是圭亚那作家赫勒·马郎的《霸都亚纳》、马提尼克作家埃梅·塞泽尔的《还乡笔记》和塞内加尔诗人、总统桑戈尔的诗集。马提尼克的爱德华·格里桑的《裂隙河》写于1958年，获得了当年的雷诺多文学奖，相较于非洲大陆同一时期的作品，或许它更能够反映在上世纪的五六十年代，即将步入纷繁、复杂后殖民世界的非洲社会的重重矛盾。我们还选入了更为当代的两部作品：来自摩洛哥的本·杰伦（Tahar Ben Jelloun）的《沙的孩子》（*L'enfant de Sable*）以及法国作家玛丽·恩迪亚耶的《三个折不断的女人》。虽然它们还远远不能反映复数的非洲法语文学的全貌，但希望读者能够从中窥得一两分非洲法语文学的意思。

需要感谢国家社科基金重大项目"非洲法语文学翻译与研究"的团队，也要感谢上海译文出版社的慧眼识珠与鼎力支持。非洲法语文学的作品是挑战阅读舒适区，同时也挑战读者已有的知识体系的作品。它是鲜活的，跳跃的，也是充满趣味和力量的。无论是在一百年前，还是在今天，非洲法语文学的写作者们都不会将既有的写作成规放在眼里。在所谓人工智能大行其道的今天，或许，它也是最不"人工"的作品之一。这应该算是非洲法语文学对世界文学另一个出其不意的贡献吧。

袁筱一
2024 年 6 月 15 日凌晨

# 目 录

还乡笔记……………………………………… 001
论殖民主义……………………………………… 063
海岛、树与火山（译后记）………………… 123

# 还乡笔记

清晨尽头……

滚开,我对他说,条子,母牛[1],滚开,我恨制度的走狗与希望的瓢虫。滚开,劣质护身符,僧侣的臭虫。然后我转向他与族人失落的天堂,平静更甚于撒谎女人的脸庞,那里,绵延不息的思绪之流将我轻轻摇晃,我滋养狂风,我放开怪兽,我听见从灾难的对岸涌起一条萨瓦纳草原斑鸠与苜蓿的洪流,它常存我心深处,在最傲慢的房屋地下二十层的高处,小心提防着黄昏腐蚀的力量,上面日夜驶过染了性病的该死太阳。

清晨尽头生满瘦弱的小湾,饥肠辘辘的安的列斯,天花击残的安的列斯,酒精炸毁的安的列斯,搁浅在这片海湾的烂泥里,在这座城市的尘土中凄凉地搁浅着。

清晨尽头,绝处,大海伤口上虚假荒芜的疤;无所见证的殉难者;血之花枯萎飘散于徒劳的风中一如鹦鹉的咿呀叫声;一种陈旧的生活失真地笑着,它因不安而张开的双唇失了效用;一种陈旧的苦难在阳光下腐烂,悄无声息;一种陈旧的沉默长满温热的脓包,令人生厌的虚无,我们的生存毫无意义。

清晨尽头,它宏伟的未来不屑地越过这片极尽脆弱的土地——火山会爆发,赤裸的潮水会席卷太阳这些熟透的斑点而

---

1. 母牛(gueule de vache)在法语俚语中有"警察""维护秩序者""专断之人"的意思。

余下不过一团蒸腾的热气任由海鸟啄食——美梦的沙滩与荒诞的苏醒。

清晨尽头,这座扁平的城——瘫倒在地,跌落正途,麻木,在永恒周而复始的十字形重压下喘着粗气,不愿屈从命运,一言不发,四处碰壁,无法依着这片土地的精华生长,被阻塞,被切割,被挤压,被迫与动植物分离。

清晨尽头,这座扁平的城——瘫倒在地⋯⋯

而在这麻木的城里,喧闹的人群竟如此走过它的呐喊,一如这座城走过它的运动、它的感觉,心安理得,走过它真正的呐喊,唯一一声我们希望听见它发出的呐喊,因为仅这一声我们觉得属于它自己;因为仅这一声我们觉得活在人群心中深藏某个晦暗骄傲的庇护所,在这麻木的城里,在这走过饥饿、苦难、反抗与憎恨的呐喊的人群中,这何其怪异的嘈杂又沉默的人群里。

在这麻木的城里,这从不堆集、从不融合的奇特人群:善于寻找脱出、逃避、躲闪的角落。不知成群的人群,这人群,我们意识到,确实全然是天底下独一个,好比一个女人,本以为正随着她抒情的节奏,却突然诘问一场不存在的雨,还警告它不要落下;就好比动作几不可察、迅速划出的十字;就好比一个农妇刹那浓重的兽性,站着撒尿,双腿叉开,直直伸着。

在这麻木的城里，太阳底下这凄苦的人群，从不投身这片它自己的土地上任何公开表达自我、证明自我、解放自我的运动。不为黑奴头顶高高在上做着美梦的法国人皇后约瑟芬[1]。不为漂白石头的解放里一动不动的解放者。不为新大陆的征服者。不为这份蔑视，不为这份自由，不为这份胆量。

清晨尽头，这座麻木的城及其更甚于麻风病、消瘦、饥饿的种种，甚于缩在沟槽里的恐惧、栖在枝丫间的恐惧、陷在泥土里的恐惧、散在天空中的恐惧，不断堆积的恐惧与它喷出不安的火山气浪。

清晨尽头，被遗忘的矮丘[2]，忘记了爆发[3]。

清晨尽头，四蹄奔波又温驯的矮丘——它疟疾内侵的血用过热的脉搏击败了太阳。

清晨尽头，矮丘心中的烈火，像一声血腥爆发之际生生扼住的哀鸣，渴求一次抓不住又不自知的燃烧。

---

1. 此处列举可能为马提尼克竖立雕像的人物，其中解放者指法国废奴主义代表人物维克多·舍尔歇（Victor Schœlcher，1804—1893）。
2. 矮丘（morne），在安的列斯群岛指本地的圆形小山、丘陵。在法语中常用作形容词，指"阴沉""单调""死气沉沉"之意。
3. 爆发（sauter），兼有"爆炸"与"跳跃"之意。

清晨尽头，在窥伺闪电与磨坊的饥饿面前蜷缩在地的矮丘，缓缓呕出人的疲乏，独一座矮丘和它四溢的血，矮丘和它阴影包扎的伤口，矮丘和它恐惧的沟渠，矮丘和它风做的巨手。

清晨尽头，挨饿的矮丘也没人比这杂种山丘更了解，为什么自尽者会为了窒息与舌下神经共谋吞下向后卷起的舌头；为什么女人看似漂在卡波河[1]上（她明亮晦暗的身子依着肚脐温顺地形成这副模样）却不过是一涛响亮的水流。

而无论课上的老师，还是授道的神甫都没法让这愚钝的黑孩子吐出一个字，尽管两人如此激情地敲打他剃平的脑袋，因为他虚弱的声音早就陷入饥荒的泥沼（一个——字——只要——一个——字，我——就——不——再——问——你卡斯蒂利亚——的——布兰卡——王——后，一个——字——只要——一个——字，看——看——这——小——野——人——连——一——条——十——诫——都——不——知——道）

因为他的声音遗失在饥饿的泥沼，

也再无一物，的确再无一物可以从这一无是处的

小鬼身上扯出

除了那股再不会顺着他声音的吊索攀升的饥饿

---

1. 卡波河（Capot），马提尼克北部的一条河。

沉重而盲目的饥饿

淹没在这饥肠辘辘矮丘的**饥饿**[1]最深处的饥饿

清晨尽头，奇形怪状的搁浅，腐烂加剧的恶臭，圣体饼与祭司的非人鸡奸，偏见与愚蠢不可逾越的船前肋骨，卖淫，伪善，淫乱，背叛，谎言，造假，贪污——无能懦弱的苟延残喘，对过量讨好不废一声哎喵的热情，贪婪，疯癫，堕落，苦难的滑稽剧，残疾，瘙痒，荨麻疹，腐坏滋生的湿热吊床。这儿上演可笑的腹股沟淋巴结炎，肥育怪异的微生物，不知解药的毒药，古老伤口的血脓，易腐物种失控的发酵。

清晨尽头，长夜盘踞，星辰死寂更甚于一把坏了的巴拉丰琴[2]，黑夜畸形的球茎，从我们的卑劣与自弃中发芽。

而我们为复活钟情瞬间的黄金飞溅做出愚蠢荒唐的举动，恢复了脆弱光华的脐带，面包，还有同谋的酒，面包，酒，真实婚礼的血。

而这份古老的喜悦让我意识到眼下的凄凉，一条颠簸起伏的道路在凹处一个猛扎溅起几座茅屋；一条不知疲倦的道路向着一座矮丘全速猛冲又在坡顶陡然陷入一摊笨重的矮房；一条道路疯狂升起，草草落下，而可笑地支在数个水泥小爪上的木

---

1. 饥饿（La Faim），首字母大写，译文以加粗表示，后文同此处理。
2. 巴拉丰琴（Balafon），又称非洲木琴、非洲钢琴，西非的古老乐器。

头骨架上,而我管它叫"我们的家",它马口铁的长发像张枯皮在阳光下飘动,餐厅,铁钉发亮的粗木地板,天花板上跑满杉木与阴影的房梁,幽灵般的稻草椅,灯的灰光,包了浆一闪而过的蟑螂身影恼人地窸窣作响……

清晨尽头,依我口腹之欲重塑的本质风景,并不弥漫着柔情,而是折磨又享乐凝聚的一座座矮丘肥大的乳房,带着偶然伸出的棕榈就像发硬的萌芽,是激流一浪浪涌起的欢愉,是从圣三一到大河[1]区大海歇斯底里的舔舐。

而日子过得匆匆,太匆匆。

八月芒果树挂起所有新月,九月是风暴的助产士,十月甘蔗的喷火枪,十一月发出蒸馏酒厂的轰隆,而现在圣诞已来临。

起先宣告圣诞到来的是一阵刺人的欲望,渴求新的温存,冒出朦胧的梦,接着圣诞扇动欢乐的巨大翅膀在紫罗兰色的沙沙声中骤然飞起,而它晕头转向正跌入村落,像颗熟透的石榴砸开了贫民区的生活。

圣诞与其他节日不同。它不喜欢走街串巷,在广场上跳

---

1. 圣三一(Trinité),又译拉特里尼泰(La Trinité),是马提尼克东岸偏北的一个市镇。大河(Grand-Rivière),又译格朗里维耶尔,是马提尼克北部的一个市镇。这两个市镇现在行政划分上同属于马提尼克北部的圣三一区(Arrondissement de la Trinité)。不同于南部,马提尼克北部多山与瀑布,海岸更为粗犷,主要以黑沙滩为主。塞泽尔出生地巴斯博安特(Basse-pointe)即位于三一与大河区之间。

舞,坐上木马,混进人群偷捏女人,在罗望子树前放烟花。圣诞,它得了人群恐惧症。它要的是一整天的忙碌,一整天的筹备,厨事,打扫,焦头烂额,

生——怕——还——不——够,

生——怕——没——备——全,

生——怕——不——满——意,

等到晚上一座不吓人的小教堂,亲切地充满欢笑、耳语、秘密、爱的告白、流言蜚语还有某个神气的唱诗班歌手喉音浓重刺耳的歌声还有快活的男人和率直无忧的女人还有满肚美餐的茅草屋,且绝不小气,而屋里装下二十多人,街巷空荡荡,村镇不过是一袋歌声,而人们舒适地待在屋里,吃着惬意,喝着欢畅而桌上有猪血肠,窄的两指宽藤蔓般盘起,宽的个头矮胖,温和的有欧百里香味,刺激的辛辣灼人,还有滚烫的咖啡和茴香甜酒和牛奶潘趣,以及朗姆酒流动的阳光,还有各式各样的美味蛮不讲理地刺激您的黏膜或为您酿出陶醉,或为您织成芬芳,而我们欢笑,而我们歌唱,歌声回荡不尽就像椰子林:

*哈利路亚*

*请主垂怜……垂怜……垂怜,*

*基督垂怜……垂怜……垂怜。*

歌唱的不仅是嘴,还有手,还有脚,还有臀,还有生殖器,所有造物都溶成乐调、嗓音和节拍。

升至顶点，快乐如云般散去。歌声没有停止，但现在它们不安而沉重地穿过恐惧的山谷、焦虑的隧道与地狱之火。

于是人人伸手去抓离他最近的魔鬼的尾巴[1]，直到恐惧不知不觉消散于梦境成线的细沙，于是人们果真如梦里一般过活，于是人们如梦里一般喝酒、哭喊、歌唱，于是人们也如玫瑰花瓣眼皮的梦里一般半睡半醒，然后天亮了，柔滑得像人心果一样，还有可可树肥料的味道，还有阳光下脱去它们红疱的火鸡，还有挥之不去的钟声，还有一场雨，

钟声……雨……

叮咚……叮咚……叮咚……

清晨尽头，这座扁平的城——瘫倒在地……

它双手伏地爬行却从未想过立起反抗的身躯钻通天空。房屋的脊背惧怕充满火光的天空，它们的脚溺在土里，它们宁愿肤浅地栖身于惊异与背叛之间。但这座城市依然前进。甚至日复一日吃下更多，不止是它成片贴上方砖的走廊拘谨的百叶窗，粘连的小院，滴挂的油漆。还有被闷死的琐碎丑闻，被扼杀的琐碎耻辱，巨大的琐碎愤怒在狭窄的街巷上捏出鼓包与坑洼，水流在粪堆里纵向做着鬼脸……

清晨尽头，筋疲力尽的生活，流产的梦不知奔往何处，生活的河水绝望地麻木在河床，无起亦无落，不知如何流淌，空

---

1. 抓住魔鬼的尾巴（tirer par la queue le diable），法语俗语，"生活拮据、入不敷出"之意。

洞得可悲，沉重的厌倦公正无私，为万事万物披上相同的黑影，凝滞的空气里透不出一只清新飞鸟的间隙。

清晨尽头，一条极窄的小巷里另一座臭气熏天的房屋，一座微型小屋，烂木头做的肚肠里塞下几十只老鼠和我六个兄弟姐妹的吵闹，一座冷酷的小屋从不通融，在每个月底让我们惶恐还有我古怪的父亲被唯一的苦难啃噬，我从不知是哪种，某个无从预知的巫术会将它缓和成忧伤的柔情或是激发成愤怒的烈火；而我母亲的双腿为了我们不知疲倦的饥饿踩着踏板，整日整夜踩着，夜里我甚至被这整夜踩动不知疲倦的双腿惊醒，还有一台胜家缝纫机[1]在黑夜柔软的皮肉上苦涩地撕咬而我的母亲踩着踏板，为我们的饥饿整日整夜地踩动着。

清晨尽头，在我父亲之上，母亲之上，鼓起小泡的龟裂茅屋，像棵得了曲叶病起疱的桃树，而磨薄的屋顶，打着一块块油桶皮做的补丁，于是发脏发臭的灰色稻草泥里现出一片片铁锈的沼泽，每当风吹过，这些七拼八凑的材料发出奇怪的声响，起先像是油炸时的劈啪声，接着像浸入水中冒着火星的木柴带着枝丫上喷出的烟气……还有那张我全族人从中起身的木板床，我的全部族人都从这张木板床上起身，它有煤油箱做的床脚，就好像这床患了象皮肿，还有它的小山羊皮、它的干芭

---

1. 胜家缝纫机（Singer），由艾萨克·梅里特·辛格（Isaac Merritt Singer，又译列察克·梅里瑟·胜家）1851年创立的美国缝纫机品牌。辛格1851年发明了最早的家用缝纫机，胜家品牌也因此成为缝纫机的代名词。

蕉叶、它的破布头，对床垫的怀恋，我祖母的这张床（床的上方，一只装满油的小罐上一点暗淡的火光像硕大的蟑螂舞动……罐身上用金色字母写着：**感恩**）。

是种耻辱，这条稻草路[1]，

一种令人作呕的增生，像这镇子的私处，向左向右蔓延，沿着殖民街道，石板瓦的灰色波涛。此处只有稻草做的屋顶，被海雾熏黑又被海风吹散。

所有人都鄙视这条稻草路。村里的青年在此堕落。尤其大海也在此倾倒它的种种秽物，它的死猫死狗。因为这条路通向海滩，而海滩远不能满足大海泛着泡沫的狂波。

这海滩也是一种不幸，它有成堆腐臭的垃圾，偷偷排泄废物的后臀，而沙子是黑色的、阴沉的，没人见过这么黑的沙粒，而泡沫尖叫着从上滑过，而大海一拳拳击打着沙滩，不如说海是一条舔舐撕咬着沙滩脚踝的大狗，它反复撕扯，终会吞没这一切，当然，吞掉海滩也吞掉稻草路。

清晨尽头，骤起往昔之风，被背弃的忠实、不断回避的不确定义务的风和欧洲的另一个清晨……

---

1. 稻草路（rue Paille），路名，亦是今马提尼克圣三一区一个市镇的名称。

出发。

既然有鬣狗-人和豹-人,我便做个犹太-人

卡菲尔-人[1]

加尔各答-印度-人

不投票的-哈莱姆[2]-人

饥饿-人,侮辱-人,折磨-人,任谁随时都可以抓住他殴打他,杀了他——把他置于死地——无需向何人汇报也不用提供任何借口

犹太-人

大屠杀[3]-人

狗崽子

叫花子

可是否也把**愧疚**戕杀了,美丽宛如在汤里发现霍屯督人[4]

---

1. 卡菲尔-人(Homme-cafre),"卡菲尔"指生活在南部非洲的黑人。"卡菲尔"一词源于阿拉伯语 kāfir(又译卡菲勒),指不信伊斯兰教的异教徒。
2. 哈莱姆(Harlem),美国纽约市曼哈顿的一个社区,20世纪黑人文化与商业中心,20世纪20年代至30年代兴起于此的"哈莱姆文艺复兴"运动是20世纪重要的黑人文化运动。它反思黑人的文化成就与艺术创作,呼唤富于文化自信与认同的"新黑人"。"哈莱姆文艺复兴"对塞泽尔所倡导的"黑人性运动"(Négritude,又译黑人精神运动)产生了极大影响。
3. 大屠杀(Pogrom),原指俄国沙皇对犹太人的大规模屠杀,也泛指一切由歧视引发的集体屠杀行为。
4. 霍屯督人(Hottentot),指居住在南部非洲的农牧民族科伊科伊人(Khoïkhoï),"霍屯督"系欧洲殖民者对其的称呼,今天被认为含(转下页)

的头骨时一位英国夫人惊愕的脸庞？

我要找回伟大交流与伟大燃烧的秘门。我会说暴风雨。我会说河流。我会说龙卷风。我会说叶子。我会说树木。我会被所有的雨淋湿，被所有露水浸润。我会像发狂的血奔涌在词语平缓的眼波上化作疯马化作新鲜的孩童化作血栓化作宵禁化作神殿的遗迹化作远到足以挫败淘金者的宝石。不知我者亦不会懂得猛虎的咆哮。

而你们鬼魅上升吧炼金术的幽蓝从一森林困兽与扭曲的机器中从一枣树的腐肉里从一篮眼睛的牡蛎中从一网人皮的漂亮剑麻[1]裁出的细带里我会有足够广阔的词汇来容纳你们而你张开的大地迷醉的大地

大地，向着太阳挺立的巨大性器

大地，上帝阳具的巨大癫狂

大地，荒蛮从海的库房里升起口中含着一簇号角树[2]

大地，波涛起伏的脸庞我不知还能比作何物除了疯子与处女的森林而我愿将它作为面孔展现在人们难辨的眼前

---

（接上页）贬义。历史上先后受荷兰人、英国人与葡萄牙人殖民，是三角奴隶贸易与殖民主义的受害者。
1. 剑麻（sisal），叶子纤维质地坚硬，可用以制作麻绳。
2. 号角树（Cécropie），荨麻科常绿乔木，枝干中空，原产于中、南美洲。其学名 Cecropia peltata 中，Cecropia 一词源自希腊神话中半人半蛇身的凯克洛普斯（Cécrops, Kékrōps），传说中雅典城的首位国王，从阿提卡的土地里出生（本土人"autochtone"一词的本意）的国王。

我只需一口你乌羽玉[1]的乳汁便足以在你身上认出总在幻境同等远处——千倍更是故乡且由毫无棱镜折损的阳光镀上金色的——万物自由博爱的土地，我的土地

出发。我的心因澎湃的豪情沙沙作响。出发……我会光洁而年轻地来到这片我的国度，它的泥土融入我的血肉而我要对它说："我已漂泊许久现在我归来走向你暴露在外的丑陋伤口。"

我会回到这片属于我的国度而我对它说："勇敢地拥抱我吧……哪怕我只知诉说，我要说的每一句都是为了您。"

我还要对它说：

"我的口会是所有无以言说的苦痛的口，我的声音，便做所有深陷绝望囹圄的声音之自由。"

而归途上我又对自己说：

"尤其我的身体我的灵魂，切不可以看客无济于事的心态抱起双臂，因为生活不是一场演出，因为痛苦的汪洋不是一座舞台，因为一个呐喊的人不是一头跳着舞的狗熊……"

于是现在我来了！

---

1. 乌羽玉（Jiculi），又称 peyotl，仙人掌科乌羽玉属的多年生肉质植物，原产于美国得克萨斯州及墨西哥。乌羽玉具有药用价值，含有多种生物碱，可用于提取南美仙人掌毒碱（麦司卡林）。其制品有致幻效果，为美洲原住民（如惠乔尔人［Huichol，又译珲科尔、维乔人等］）在医疗、祭祀、庆典等场合使用。

眼前复又是这般踟蹰的生活,不,非生非活,而是死亡,既无意义也无慈悲的死亡,伟大惨败的死亡,这份死亡赫然的卑微,在鸡毛蒜皮之间踟蹰而行的死亡;一铲又一铲征服者之上的渺小贪婪;一铲又一铲巨大野人之上的渺小仆从;一铲又一铲三个灵魂的加勒比之上的渺小灵魂,而所有这些微不足道的死亡

我洞开的意识飞溅下的种种荒谬

种种可悲的琐碎被这唯一的夜光虫照亮还有孤零零一个我,这幅突兀的清晨景象爆发怪物的美妙默示随后,坍塌,沉寂

灰烬、残骸与下沉的激烈竞选

——还有一声抗议!只一声,发发慈悲吧,就此一声:我无权用我这炸炭黑的手掌丈量生命;无权把自己困入线上四指这瑟瑟发抖微不足道的椭圆,我作为人,无权这般打乱创世,便让我在经纬之间理解我的存在!

清晨尽头,
雄性的饥渴与顽固的欲望,
从此我与友爱的清凉绿洲分离
这粒羞赧的尘埃因扎入皮肤的硬刺而蜷曲
这片过于稳定的天际像个狱卒般战栗。

你最后的胜利,**背叛**的固执乌鸦。

属于我的，一座小岛葫芦里打转的数千名死患，属于我的还有像自我否定的不安欲望般弓起的群岛，不如说是为了保护分隔一个与另一个美洲最精细的薄片而天生的焦虑；还有它为欧洲分泌出墨西哥湾暖流优良的利口酒的侧肋，还有两面炽热之一，赤道从其间索行[1]走向非洲。而我不竖藩篱的小岛，坦然无畏地立在这片岛屿[2]末端，在它前方，沿着背线和我们同样苦难一分为二的瓜德罗普、海地[3]，黑人性第一次站起来还说它相信自己人性的地方还有刚勒死一个黑鬼的佛罗里达滑稽的小尾巴，还有庞然虫蠕直至欧洲西班牙脚下的非洲，它毫无防备的身躯上死亡正大把收割。

而后我对自己说波尔多和南特和利物浦和纽约和旧金山[4]
世上没有哪个角落不留下我的指纹
而我的脚跟踏过摩天大厦的背脊还有我的污垢
在颗颗宝石的璀璨光辉中！
谁能吹嘘得比我更好？

---

1. 索行（funambuler），原词是塞泽尔从"走钢索的杂技演员"（funambule）一词衍生的动词，此处模拟构词法作"索行"，指沿钢索而行。
2. 这片岛屿（polynésie），Polynésie首字母大写时为专有名词，指位于太平洋的中部、大洋洲的波利尼西亚岛群。这里诗人使用小写的polynésie，取该词本意，指"诸多岛屿"，Poly（源自希腊语 πολύς, polús），意为诸多、众多；nésie（源自希腊语 νῆσος, nêsos），指岛屿。
3. 海地（Haïti），1803年11月29日发布《独立宣言》，1804年正式独立，是近现代第一个独立的黑人政权。海地的历史极大影响了塞泽尔的创作，海地也被诗人视为黑人精神的向标。
4. 此处所列举均是黑奴三角贸易的重要港口。

弗吉尼亚。田纳西。佐治亚。亚拉巴马

种种反抗骇人的腐烂

无能的反抗

腐臭之血的泥沼

荒唐堵塞的号角

红色土地,血色土地,血亲的土地。

同样属于我的:汝拉山[1]里一间狭小的囚室

一间狭小囚室,大雪为其添上白色的围栏

白雪是这监牢门口放哨的白狱卒

属于我的

这个孤身困在白色中的人

这个孤身挑战白色死亡的白色尖叫的人

**(杜桑,杜桑·卢维杜尔)**

---

1. 汝拉山(le Jura),位于法国东部,阿尔卑斯山东北部的山脉,横跨法、德、瑞士三国。海地独立与反奴隶制斗争领袖杜桑·卢维杜尔(Toussaint Louverture,1743—1803)晚年被秘密关押在位于汝拉山的茹堡(Fort de Joux),1803年4月7日死于严寒与疾病。杜桑·卢维杜尔生于黑人奴隶家庭,后获得自由,他深受启蒙思想与共和思想影响,是著名的废奴主义者、海地共和国国父,曾率起义军与西、法、英等国军队战斗,最终兵败被俘,生前未能看到海地独立。卢维杜尔的事迹极大影响了塞泽尔及其创作,塞泽尔曾在多部作品中以卢维杜尔为原型,并写有专著《杜桑·卢维杜尔:法国大革命与殖民问题》(*Toussaint Louverture: La Révolution française et le problème colonial*, Paris, Club français du livre, 1960)。此段与下段所写即为作者想象中的茹堡监狱。

这个孤身震慑白色死亡的白色飞鹰的人

这个孤身困于白色沙粒的贫瘠海洋的人

这个迎着天上的水而屹立的黑皮肤老头

死亡在这人头上画出光环

死亡在他的头顶撒满繁星

死亡在他双臂熟透的甘蔗地里疯狂地呼啸

死亡像一匹白马在监牢里飞奔

死亡像猫的眼睛在黑暗中闪光

死亡像珊瑚礁下的水流般抽噎

死亡是一只受伤的鸟

死亡衰弱

死亡摇晃

死亡是只胆小的西貓[1]

死亡消亡于寂静的白沼。

夜向着这清晨的四方膨胀

---

1. 西貓（Patyura），据塞泽尔研究专家 Lilian Pestre de Almeida，当被问及 Patyura 的含义时，塞泽尔摘选了 19 世纪拉鲁斯百科全书的 Patira 词条。据其所写，Patira 指一种厚皮哺乳动物，分布于南美，常见于巴拉圭和圭亚那，体型与西貓及小型野猪相近。参见 *Grand dictionnaire universel du XIXe siècle: français, historique, géographique, mythologique, bibliographique*… T. 12, P-POURP, éd., par M. Pierre Larousse, 1866—1877, p. 397。Lilyan Kesteloot 则认为 Patyura 所指是一种有袋动物，生活在南美森林。它被认为受死亡吸引，会出现在将死之人周围。但 Kesteloot 未给出具体出处。参见 Lilyan Kesteloot, *Comprendre* Cahier d'un retour au pays natal (Nouvelle édition), Paris, L'Harmattan, 2008, p. 123。

僵硬的死亡惊跳

顽固的命运

无声大地挺立的呐喊

这辉煌的血脉难道不会爆发？

清晨尽头这些没有石碑的国度，这些没有记忆的道路，这些没有书版的风。

有什么要紧？

我们会说。会唱。会叫。

洪亮之声，高昂之声，你将是我们的财富，我们向前的刀尖；

词语？

啊，是的，词语！

理性，我封你为晚风。

秩序的喉舌是你的名？

于我则是鞭子的花冠。

美，我唤你作石头的请愿书

可是啊！我的笑声

这沙哑的走私品

啊！我硝石火药的珍宝！

因为我们恨你们，你们和你们的理性，我们追随的是早熟的失常是燃烧的疯癫是顽固的食人罪行数一数我们的宝藏：

铭记的癫狂

嚎叫的癫狂

看见的癫狂

脱缰的癫狂

接下来您也不难想象

二加二等于五

森林喵喵叫

树从火中取出栗子[1]

天空捋平胡须

如此这般诸如此类……

我们是谁、是什么？极好的问题！

  直直看着树木我便成了一棵树而我长长的树根在地里挖出

---

1. 栗子（marron），marron 在法语中作名词通常指栗子，亦可作形容词指栗色。但在美洲与安的列斯群岛历史中，逃离殖民地的黑奴常被称为 nègre marron，而逃亡行为亦被称作 marronnage。这一词义源于西班牙语 cimarrón，指"生活在山顶"，西班牙人到达美洲伊斯帕尼奥拉岛（Hispaniola）时，当地原住民阿拉瓦克人（Arawak）用来形容被驯化后回归自然的动物的词，西班牙人借用这一词汇，自 17 世纪起开始指代逃跑的奴隶。安的列斯群岛逃亡的奴隶经常躲在山上或森林中生活，逃避追捕。这一诗节是对拉封丹寓言故事《猴子与猫》中火中取栗情节与逃亡奴隶生活的双重影射。

一个个巨大的毒包一座座高耸的白骨之城

　　直直想着刚果[1]

　　我便成了刚果,飒飒回荡着森林与河流

　　那儿鞭子噼啪像一面巨大的旗帜

　　先知的旗帜

　　那儿波声涌起

　　利夸拉-利夸拉[2]

　　那儿愤怒的闪电抛出绿斧把腐败的野猪赶向鼻孔狂暴的美丽森林边缘


清晨尽头轻咳的太阳咯血的太阳


清晨尽头

---

1. 刚果(Congo),这里指非洲中部地区名及刚果河。上段"我们是谁……"直到本段末"森林边缘"首次出现在《还乡笔记》1956年出版的第四版中。此时作为国家概念的刚果民主共和国或刚果共和国尚未成立。13—14世纪统治该区域的本土政权之一为班图人建立的刚果王国。15世纪80年代,葡萄牙探险家迪奥戈·康(Diogo Cão)两次沿非洲西岸航行,发现了刚果河,后因河流上游的刚果王国决定将之命名为刚果河。1885年起,今刚果共和国成为后称为法属赤道非洲的殖民地联邦政权的一部分,1904年今加蓬(Le Gabon)领土也并入其中。而今刚果民主共和国国土则在1885年经柏林会议被划为比利时国王私人采地,后一直受比利时殖民统治。刚果地区位于中非腹地,大面积为森林与河流覆盖,被认为是非洲最神秘、最难以进入的中心地区。而当地的殖民统治,特别是比利时实行的强迫劳动、剥削、屠杀等残酷殖民统治,尤其臭名昭著。
2. 利夸拉(Likouala),指利夸拉河,刚果河的一条支流。

砂砾小步移动
薄织布小步移动
玉米粒小步移动

清晨尽头
花粉大步向前
小步移动的小女孩大步向前
蜂鸟大步向前
匕首大步向前刺进大地的胸膛

你们,泡沫之扉前守护禁令的海关天使[1]

我申报我的罪行且无以辩护。
舞蹈。偶像。异端。还有我自己

我谋杀了上帝,用我的懒惰我的话语我的动作我下流的歌

我披上鹦鹉羽毛麝香猫皮
我耗尽传教士的耐心
辱骂人类的善行者
挑战推罗,挑战西顿[2]

---

[1] 天使(ange),也可以指扁鲨(Squatina squatina),在法语中被称为"天使"或"海天使"(ange de mer)。
[2] 推罗(Tyr,又译苏尔、提尔等),西顿(Sidon,又译塞达),今(转下页)

崇拜赞比西[1]。

我的恶行之广令我惊愕!

可为何不可进入的荆棘林依然掩盖着我四处讨要活生生的赤贫又为何碍于习来的高贵不去赞美我帕胡因人[2]骇然跃起的丑陋?

呜呼哦

呜呼哦

为蛊惑群蛇为祛除死亡

呜呼哦

为阻止降雨为阻拦海啸

呜呼哦

为使阴影无法回转

呜呼哦

让我的诸天向我洞开

——我在一条路上,还是个孩子,嚼着一节甘蔗根
——人被拖着走过血淋淋的道路,脖上套着绳索

---

(接上页)黎巴嫩南部省的两座相邻港口城市,《圣经》中记载的两个腓尼基著名的商港城邦。因此处语境是对《圣经》记述的反叛,故均采用《圣经》和合本(亚9:2)的译名。

1. 赞比西(Zambèze),指赞比西河,非洲第四大河,南部非洲第一大河。
2. 帕胡因人(Pahouin),即芳人(Fang),非洲中西部一个班图民族,主要居住在喀麦隆南部、赤道几内亚、加蓬北部以及刚果部分地区。

——立在巨大的马戏团中央,我黝黑的额上戴着一顶曼陀罗王冠

呜呼

飞去也

高过战栗高过女巫,向着其他星辰连根拔起的森林与高山欣喜若狂,此时谁也不会去想一座座被束缚千年的岛屿!

呜呼哦

为了让应许之时回归

还有曾经知晓我姓名的鸟

还有曾有千种名字的女人

唤作泉水唤作太阳唤作眼泪

还有她鱼苗般的秀发

还有她的步履我的气候

还有她的眼眸我的四季

还有不伤害的昼

还有不冒犯的夜

还有私密的星

还有默契的风

可是谁扭曲了我的声音?是谁剥夺了我的声音?向我喉头塞进千根竹钩。千根海胆刺。是你,世界肮脏的尽头。清晨肮脏的尽头。是你,肮脏的恨。是你,屈辱的重担和百年的鞭

打。是你，我百年的忍耐，我百年的苟且偷生。

呼哦

我们歌唱盛怒草原上绽放的毒花、栓塞割裂的爱的苍穹、发了癫痫的早晨、深渊沙海燃起的白色火光——野兽气味击中的黑夜里船的残骸缓缓下沉。

我当如何？

应当立即开始。

开始什么？

这世上唯一值得开始的事：

老天爷啊世界末日。

圆馅饼
哦，糟糕秋天的圆馅饼
长出新鲜的钢铁和旺盛的混凝土
圆馅饼，哦，圆馅饼
空气锈蚀成大片大片
劣质的快乐
血水砍伤太阳巨大的脸颊

我恨您

依然可见女人们腰上裹着马德拉斯布[1]耳上戴着耳环嘴角带着微笑乳房带着婴儿不胜枚举：
**丑闻到此为止！**

现在且看这撒旦般
张狂的挑衅与冲动还有不逊的
偏航怀念那些棕红的月亮，
碧绿的火，金黄的狂热！

您徒然在温吞的喉管里二十次酝酿同样单薄的安慰说我们是词的低语者

词语？直到我们掌控世界的板块，直到我们迎娶疯狂的大陆，直到我们铸成烟雾蒸腾的大门，词语，啊，是的，词语！可这是鲜血之词，这词语是海啸是丹毒是疟疾是岩浆是荆棘的火焰，是血肉的火光，是城市的火光……

您且听好：

---

1. 马德拉斯布（Madras），是法属安的列斯群岛（马提尼克、瓜德罗普）代表性织物，其工艺源于印度金奈（Chennai，旧名马德拉斯），19世纪中叶由首批移民安的列斯岛的印度劳工引入。一般为色彩鲜艳的格纹，被广泛用于衣物及日常用品中，是马提尼克异国情调及旅游宣传的标志物之一。

我绝不狂欢除非已是千年末日[1]
我绝不狂欢除非已是大恐慌[2]

适应我。我不去适应你们任何人!

有时人们见我猛一动大脑,
咬住一朵红透的云
或是一阵轻抚的雨,或是一段序章的风,
千万别过分安心:

我会撕破将我与自我分隔的卵黄膜,

我会冲开用鲜血将我缠绕的羊水

是我只有我
与最终的焦虑相交流

---

1. 千年末日(an mil),指欧洲尤其是法国历史上记述的"千禧年恐慌"(Les Terreurs de l'an mil)事件,即在公元千年前后(一说基督死后千年,即1033年),天灾人祸频发,基督教徒因相信世界末日最终审判即将到来而引发普遍的恐慌情绪。该事件因19世纪著名历史学家儒勒·米什莱(Jules Michelet, 1798—1874)在《法国史》(Histoire de France)中的论述而广为人知,学界对其真实性与源头一直有争议。
2. 大恐慌(Grand Peur),指法国大革命早期,主要发生在1789年7、8月间,由关于巴黎攻占巴士底狱、镇压贵族及匪徒的种种传闻在法国多地尤其是村镇地区引发的集体恐慌与反抗事件。1789年8月4日,国民议会最终通过了"废除封建制"的法令。

是我啊，只有我
在芦苇管里备下
最初的处女乳汁！

而现在最后一声咒骂：
向太阳（只灌醉我过于强大的头脑可不够）
向隐约的萤火虫产下金卵的粉末黑夜
向高高悬崖上颤动的长发
海风在此不时跃起一队队发咸的马
我从自己的脉搏中清楚读出异国情调不是我的食粮

走出因呐喊而脸色苍白的欧洲
绝望之水无声流淌
走出懦弱的欧洲它恢复了平静又傲慢的
自我标榜
我羡慕这份漂亮的自私
而它一往无前
而我的耕耘让我想起势不可挡的船首柱。

多少鲜血淌满我的回忆！我的回忆里是一个个潟湖。湖面上漂满死人的头颅。湖面上漂满的不是睡莲。在我的回忆里是一个个潟湖。湖岸上铺开的不是女人的缠腰布。
我的回忆裹着鲜血。我的回忆缠着死尸的腰带！
而一桶桶朗姆酒连射别出心裁地灌醉我们可耻的反抗，温

柔的眼睛因喝干凶猛的自由而陷入昏迷

（黑鬼——全——都——一个——样，我把话——放在——这——里
一个一个——坏——透——了，这话——是——我——对——您——说
黑鬼——的——怪味，简直——能——种——甘——蔗
别忘记——那——句——老——话：
揍一个——黑——鬼，就是给他吃喝）

绕着摇椅沉思着快感
鞭子的快感
我绕着圈，难平息的小母马

不过显然我们多受欢迎！
他们闲极无聊时爵士乐欢快的下流与千种柔情[1]。
我知道追踪舞、摇摆舞和踢踏舞[2]。

---

1. 柔情（doudou），马提尼克克里奥尔语中 doudou 指"亲爱的"之意。法语文学中另有 doudouisme 一词，指一种文学流派，往往以符合法国本土想象的异国情调刻板印象描写安的列斯诸岛，而忽视了岛上的现实。其典型形象包括甜美欢快的安的列斯女人、闲适的生活、热带风情与海岛风光。
2. 追踪舞（le tracking），摇摆舞（le Lindy-hop），踢踏舞（les claquettes），这里所列举均是当时被认为典型的黑人舞蹈。其中 tracking 未找到准确的中文翻译，据 Lilyan Kesteloot，是爵士乐兴起初期非常流行的美洲黑人舞蹈，音乐风格近比博普爵士乐（Be-bop）。参见前引 Lilyan Kesteloot 第 126 页。（转下页）

压轴大餐是我们抱怨的消音器将不满裹在哇哇声里。您且等……

一切各安其位。我的好天使嚼着霓虹灯影。我吞下指挥棒。我的尊严躺倒在呕吐物里……

太阳，太阳天使，太阳鬈发的天使
一跃而起摆脱卑贱之水中深绿又甜美的沉浮！

但我找到的是个蹩脚的巫师。在这片已被祛魔的土地，背离了它可贵的恶意，这呐喊声，渐渐喑哑，徒劳地、徒劳地喑哑下去，

而余下的只有我们谎言的鸟粪堆积——且从不回答。

何其疯狂我异想天开在卑贱上空漂亮的夹脚跳！
当然啦白人才是伟大的战士
和散那[1]主人和黑人阉割者！
胜利啊！胜利，我和您说：战败者心满意足！

快乐的恶臭和烂泥的歌！

---

（接上页）Clayton Eshleman 与 Annette Smith 翻译出版的英译本中将之翻作 Boogie-woogie。

1. 和散那（Hosannah），源于希伯来语，《圣经》中耶稣进入耶路撒冷时人群的欢呼声，又译贺三纳。

历经一场不期而有益的内心革命，现在我歌颂我骇人的丑陋。

施洗者圣约翰日[1]，自第一抹暮色降临巨丘[2]的郊野，成百上千的马贩子便在街上聚集，街名叫"自深渊处"[3]，

至少这名字坦诚预告了从**死亡**底层涌来的人潮。而确是从**死亡**，从它千万种当地庸常的形态里（对巴拉草不知餍足的饥饿和酿酒厂醉醺醺的驯服）向着敞开的伟大生活冲出这队惊人暴烈的劣马。瞧它跑得多快！叫得多欢！多实在的尿！多出彩的粪！"一匹难以驯服的好马！""一匹对马刺灵敏的高傲母马！""一匹四肢强劲的勇敢马驹！"

而背心上拴着神气表链的狡猾伙计，以次充好把饱满的乳房、青春的热情、货真价实的敦实，换作热心胡蜂的惯常浮肿，或是生姜下流的撕咬，或是十公升糖水有益健康的循环。

我拒绝把这浮肿当作我真实的荣耀。
我嘲笑我曾经幼稚的臆想。

---

1. 施洗者圣约翰日（la Saint-Jean-Baptiste），基督教节日，用来庆祝施洗者圣约翰的生日，时间为每年6月24日。
2. 巨丘（Gros-Morne），马提尼克市镇名，又译格罗莫讷，近上文提及的圣三一市。
3. 自深渊处（De Profundis），原文为拉丁文，是《圣经》中《诗篇》第130章的开头。参见《圣经》和合本"耶和华啊、我从深处向你求告"。

不,我们从不是达荷美国王的亚马孙女战士[1],不是拥有八百匹骆驼的加纳王族[2],不是阿斯基亚大帝治下廷巴克图的学者[3],不是杰内的建筑师[4],不是马赫迪[5],不是战士。我们感受不

---

1. 达荷美国王的亚马孙女战士(amazones du roi du Dahomey),亚马孙女战士在诸多古希腊作家的记叙中指完全由女性组成的军队,成年后会割去右乳以方便拉弓射箭。达荷美王国是17—19世纪末西非的王国,位于今贝宁南部,兼并周边数个大小部族,并依靠与欧洲人进行奴隶贸易而迅速发展。其国王组有一支完全由女性组成的卫队,到19世纪时其人数已达到5000人左右,并配备现代火器等,以骁勇善战而闻名,因此被称为达荷美的亚马孙女战士。
2. 加纳王国(Ghana),指非洲西部由索宁克(Soninké)人建立的古国,位于今马里与毛里塔尼亚。加纳被认为是非洲最早的帝国之一,古加纳王国自公元4世纪初成立,11世纪被穆拉比特王朝(les Almoravides)攻破,12世纪被马里帝国吞并。
3. 廷巴克图(Tombouctou,又译通布图),历史古城,位于今西非马里共和国境内,尼日尔河北部。历史上陆续被加纳、马里与桑海三大帝国统治,16世纪在桑海帝国时期发展达到顶峰,是文化与宗教中心。阿斯基亚(Askia),指阿斯基亚·穆罕默德一世(Askia Mohammad I, 1443—1538),1493年推翻桑尼·巴罗(Sonni Baro)成为桑海帝国统治者,创立桑海帝国阿斯基亚王朝,1493—1528年在位,当政期间,大力赞助学术活动,广泛吸引了来自西班牙、摩洛哥、开罗等地的博学之士。廷巴克图至今保留着上万份阿拉伯语与颇耳语(Peul)手稿,内容涉及宗教、艺术、天文、律法、科学等方方面面。
4. 杰内(Djenné),位于今马里境内的古城,与廷巴克图同为重要的商业城市与穆斯林文化中心,城内建筑独具特色,杰内清真寺是苏丹-萨赫勒建筑风格的典型代表,1988年被联合国教科文组织列入世界文化遗产保护名录。
5. 马赫迪(Mahdi),又译麦海迪,指"受真主引导的人",《圣训》中穆罕默德预言世界末日前一日来引导穆斯林的人。1881—1899年间,马赫迪苏丹与埃及之间爆发了马赫迪战争,又称马赫迪起义。穆罕默德·艾哈迈德·本·阿卜杜拉(Muhammad Ahmad ibn Abd Allah, 1844—1885)为反抗埃及与英国在苏丹地区的统治,自称马赫迪,率领起义者与英、埃(转下页)

到腋下往昔执矛人的瘙痒。而既然我已发誓再不对我们的历史有所隐瞒（我从未欣赏何物胜过午后咀嚼自己阴影的绵羊），我要承认我们从来是相当蹩脚的洗碗工，无足轻重的擦鞋匠，说破天，也只能算态度端正的巫师，而我们创下唯一毫无争议的纪录就是对鞭打的忍耐。

而这个国度数世纪来叫嚣说我们是未开化的野兽；人类的脉动在黑人门前停止；我们是行走的丑陋肥料催生甜美的甘蔗和柔软的棉絮而人们用烧红的铁为我们烙下印记而我们睡在自己的粪污里而人们在集市将我们贩卖且一尺英国呢绒和爱尔兰咸肉比我们卖得便宜，而这个国度平静、祥和，说主的灵自在它的行动中。

我们，黑奴船的呕吐物
我们，卡拉巴尔[1]的围捕
什么？充耳不闻？
我们，在横摇、嘲笑和潮湿的雾气中醉生梦死！
抱歉，旋涡老兄！

我听见从货舱深处传来戴着镣铐的咒骂，垂死之人的抽

---

（接上页）军队作战。马赫迪起义历时18年，虽以失败告终，但沉重打击了殖民者，在非洲近代反帝斗争史上谱写了重要的一章。
1. 卡拉巴尔（Calebar，又写作 Calabar），今西非尼日利亚东端的港口城市。此处可能指卡拉巴尔海岸，即邦尼湾（golfe de Bonny）的海岸，曾经是重要的奴隶贸易之地。

泣，把人抛进大海的响声……待产女人的嗷叫……指甲寻找咽喉的挠刮……鞭子的讪笑……死气沉沉中寄生虫的乱翻……

绝无什么能激发我们投身某场崇高绝望的冒险。

便就如此[1]。便就如此。

我不属于使馆规定的任何国籍

我蔑视颅骨测量仪[2]。我是人[3]等等。

便让他们服务他们背叛他们死

便就如此。便就如此。这一切早已写进他们的骨盆[4]。

---

1. 便就如此（Ainsi soit-il），基督教祈祷的结束语，表示希望所愿能够达成，也可译为"但愿如此"。《七十士译本》将《圣经·旧约》从希伯来语译成希腊文时，以 genoito 一词翻译 Amen。Genoito 即意为 Ainsi soit-il。今法语中祈祷后"阿门"与"但愿如此"两词有时仍可换用。

2. 颅骨测量仪（Craniomètre），19 世纪兴起的颅骨测量法（Craniométrie），属于人体测量学（Anthropométrie），旨在通过测量头盖骨的尺寸与容积进行科学研究。一些民族志学家、人种学家相信可以通过测量颅骨体积的大小判断不同种族、不同性别之间的智力差异。美国民族志学之父萨缪尔·乔治·莫顿（Samuel Georges Morton，1799—1851）就曾通过测量白人、印第安人与黑人的颅骨容量，维护种族主义观点。类似思想倾向被认为是一种"科学种族主义"。

3. 我是人（Hommo sum），原文为拉丁语，出自古罗马诗人、剧作家泰伦提乌斯（Térence，约前 190—前 159）在喜剧作品《自惩者》(*Heautontimoroumenos*) 中所写："我是人，关于人的一切都与我有关（我都不陌生）。"（Homo sum. Humani nil a me alienum puto.）泰伦提乌斯出生于非洲，作为奴隶被卖到罗马。这句话现在被认为是人文主义的名言。

4. 类似上文的颅骨测量法，认为可以通过身体测量判定不同种族之间不可逾越的根本区别。

而我，而我，

握紧拳头高歌的我

应该瞧瞧我有多懦弱。

某天晚上电车里我的对面，一个黑人。

一个猩猩般高大的黑人谨小慎微拼命把自己缩进电车座椅里。他拼命地在这张肮脏的电车座椅上抛去自己巨型的双腿还有饥饿拳击手颤抖的双手。而周遭任他如此，只是任他如此。他的鼻子好像被狂风吹离的海岛而他的黑人性也在不断鞣制中褪了颜色。这鞣制者便是**苦难**。一只巨大突兀的长耳蝠脸上一道道爪痕结起疥疮的小岛。不如说，**苦难**是个不知疲倦的工人，在某个丑陋的边框上雕刻。任谁都看得出工巧恶毒的拇指如何捏出鼓起的前额，在鼻子里钻出两条平行又不安的隧道，拉长本就夸张前突的下唇，又照着一幅漫画大作，雕刻、打磨、漆上造物所能有的最微最巧最小的耳朵。

这是一个手脚笨拙的黑人毫无节奏也无节拍。

一个黑人他的眼睛卷起布满血丝的疲惫。

一个不害臊的黑人他的脚趾在鞋子开了缝的巢穴里臭烘烘地冷笑着。

苦难，难以言喻，费尽心思地将他塑成。

它掏空眼窝，塞上灰尘和眼屎搅拌的馅料。

它在下颚结实的关节和颧骨间的空白处铺上衰老的双颊。它在颊上种下多日未剃的胡须发亮的小桩。它恐吓心灵，它压弯背脊。

而所有这一切完美造就了一个丑陋的黑人，一个抱怨的黑人，一个忧伤的黑人，一个瘫倒的黑人，双手合十向一根多节的木杖祈祷。一个陷在老旧破衣里的黑人。一个又丑又可笑[1]的黑人而几个女人在我身后瞧着他咯咯笑。

他**又丑又可笑**，

**又丑又可笑**毫无疑问，

我亮出默契的灿烂笑容……

我的懦弱又回来啦！

我欢呼撑起我的民权又助长我卑微之血的三个世纪。

我的英雄主义，好一个笑话！

这座城市与我一般大小。

而我的灵魂伏睡在地。就像这座城睡倒在污垢和泥沼里。

这座城市，我泥污的脸。

我为我的脸索取一口唾沫响亮的赞扬！……

可若，这便是我们，我们是否还有雄性的冲动，胜利者的膝盖，未来新犁过堆满土块的平原？你瞧，我宁愿承认自己澎湃得发了狂，我的心跑进了脑袋连同我醉醺醺的膝盖。

现在我的星星，丧葬的雀鹰[2]。

---

1. 又丑又可笑（comique et laid），此句化用波德莱尔诗作《信天翁》中 "naguère si beau, qu'il est comique et laid!" 一句。郭宏安译作："往日何其健美，而今丑陋可笑！"（《恶之花》，郭宏安译，商务印书馆，2018年，第12页。）
2. 雀鹰（menfenil），克里奥尔语中又称 malfini，可能指雀鹰，或隼科隼属或鹰科鵟属的一种猛禽，背部羽毛为黑色，是马提尼克最大的猛禽。

对我古老的梦我食人的暴行：

（口中衔着子弹唾液浓稠

我们庸常卑贱的心突然炸裂

大陆扯断海峡脆弱的纽带

大地跃起循着河流命定的分隔

而数世纪以来将呐喊压在心底的这座矮丘，现在轮到它撕碎沉默

而这骁勇的民族一跃而起

而最精致的折磨不过徒然拆散我们手足

而最为激昂的生命从这粪水中喷出——像番荔枝突然在木菠萝的腐果中抽芽！）

对我内心的旧梦我食人的暴行

我一度躲在愚蠢的虚荣之后命运呼唤着我曾经我退缩在后现在这人被击倒在地，他不堪一击的防御碎成齑粉，

他奉若神明的箴言被扫落脚边，他纸上空谈的宣言从每一道伤口漏出风来。

这人被击倒在地

现在他灵魂赤裸

这灵魂曾挑战祖祖辈辈的泥潭

现在命运大获全胜凝视着它沦为泥潭。

我说这样正好。

我的背会成功利用纤维的疏松。

我会心怀感激高挂我天生的恭顺

而为我激情加分的将是哈瓦那车夫[1]镶着银绶带的吹嘘，热情洋溢的狒狒，鼓吹顺从之妙的皮条客。

我说这样正好。

我为我最平白的灵魂。

为我最麻木的血肉而活！

先祖热情与恐惧的温热清晨现在我为石珊瑚里我们温顺的血吟唱的共同颤动而颤动

而我体内这些我非凡祖先孵化的蝌蚪呵！

他们既未发明火药也未发明指南针

他们从未懂得驯服蒸汽或是电力

他们没有探索大海或者天空

可他们熟识这苦难国度每一个隐秘的角落

他们不知远游只知背井离乡

他们越发灵活地卑躬屈膝

他们被驯化被基督教化

他们被接种了退化堕落

---

1. 哈瓦那车夫（Postillon de la Havane），或指向刚被贩卖到哈瓦那的奴隶介绍未来美好生活的黑人。

达姆达姆两手空空的鼓声

达姆达姆伤口响亮的无用鼓声

达姆达姆背叛孱弱的滑稽鼓声


先祖热情与恐惧的温热清晨

扔出船外我异乡的财富

扔出船外我真实的谎言

但何来陌生的骄傲豁然照亮我心?

来吧蜂鸟

来吧雄鹰

来吧天际的碎片

来吧狒狒

来吧开出世界的莲花

来吧海豚珍珠的暴动击破大海的贝壳

来吧扎入水中[1]的海岛

来吧腐肉的日子消散于猛禽的生石灰

来吧水的子宫中未来攒动着一颗颗小脑袋

来吧当黄道客栈里我的月亮与你的太阳相遇身体荒蛮的洞穴里吃草的群狼[2]


我的小舌下藏着一窠野猪

---

1. 扎入水中(plongeon),法语中也指潜鸟目的海鸟,擅长游泳与潜水。
2. 狼(loup),法语中也指狼鲈科(Moronidae)或狼鳚科(又叫狼鱼科,Anarhichadidae)一种掠食鱼类。

你的眼睛则是白日灰石下一窝轻颤的瓢虫

无序的目光里有薄荷与金雀花的燕子不断融化又重生在你光的海啸中
（安抚摇动吧哦我的话语哄哄那孩子他不知春日的地图常新）
青草会为牲畜摇起希望温柔的航船
波涛之酒绵长起伏
从来不见的戒指托盘上的群星
会切开夜晚玻璃的管风琴管子然后向我疲惫的四极撒满丰饶的
百日草
胄花兰
而你呵天体请从你光明的基底取出男人深不可测的精液的狐猴未敢想象的形状
它存在于女人战栗的腹中就像一颗矿石！

哦，友爱的光
哦，光的清澈源泉
他们既未发明火药也未发明指南针
他们从未懂得驯服蒸汽或是电力
他们没有探索大海或者天空
但除却他们大地便不再是大地
愈为有益的隆起当土地愈发荒弃

土地

最为大地之大地贮存又成熟其中的谷仓

我的黑人性不是一块顽石，它的失聪被掷向

白日的喧闹

我的黑人性不是大地的死眼上一张死水的眼翳

我的黑人性不是高塔也不是教堂

它扎根土壤鲜红的血肉里

它扎根天空炙热的血肉中

它用笔直的耐性刺破那浑浊的重压。

嘿呀[1]！为堂皇的凯伊塞德拉[2]！

嘿呀！为无所发明之人

为无所开拓之人

---

1. 嘿呀（Eïa），感叹词。一般认为源自古希腊语。在多部古希腊戏剧中出现，如阿里斯托芬（Aristophane）喜剧《和平》（*La Paix*）中即有«Eia! Eia! Eia! Eia! Tout le monde!»（Aristophane, t.1., trad. Talbot, Paris: Alphonse Lemerre, 1897, p. 370），中文译作"拉呀，拉呀，齐心协力拉呀！"［《古希腊悲剧喜剧全集（6）阿里斯托芬戏剧》（上），张竹明译，译林出版社，2015年］，有加油鼓劲之意，类似的用法在《埃涅阿斯纪》中也可看到。Eïa也可表达其他语气，如拉丁语天主教祈祷文如《又圣母经》（*Salve Regina*）及歌颂圣母马利亚的《圣母悼歌》（*Stabat Mater*）中，用"Eïa"作感叹祈祷之意。保罗·克洛岱尔在其剧作《黄金头》（*Tête d'or*）中同样借用了这个词。

2. 凯伊塞德拉（Kaïlcédrat），又写作Caïlcédrat，即非洲楝，学名Khaya senegalensis，楝科非洲楝属，原产非洲热带及马达加斯加的高大乔木。在多贡神话中具有治愈力量的树木，亦是非洲人聚集讨论之处。

为无所驯服之人

可他们放任自我,被捕捉,浸入万物的精华
不知表面却被万物的律动所捕获
无意驯服,却投身世界的游戏

名副其实世界的长子
这世上所有的气息从他的孔隙中穿过
这世上所有的气息博爱的巢穴
这世上所有的水域不加排水管道的河床
这世上圣火的光辉
世界的肉中肉随世界的律动而悸动!

先祖美德的温热清晨

血!血!我们全部的血脉因太阳的阳刚之心偾张
他们懂得通体涂油的月亮的阴柔
羚羊与星辰修好如初的狂醉
他们化作野草在萌芽中蔓延新生
嘿呀!完美的世界之环与闭合的和谐!

听哪,白色的世界
无尽的劳力已让它厌烦至极
它失灵的关节在坚硬的群星下喀啦作响

它青钢的僵硬穿透神秘的肉身
且听它叛逃的胜利四处宣告它的失败
且听它满口大义可悲的跌倒

请垂怜我们全知而天真的征服者！

嘿呀！为无所发明之人！
为无所开拓之人！
为无所驯服之人！

嘿呀！为了快乐
嘿呀！为了爱情
嘿呀！为了痛苦和它眼泪重生的乳房。

这便是清晨尽头我雄性的祷告愿我再不复听见欢笑或哀号，只目不转睛凝视这座城市而我预言，它的美，
请您赐予我巫师原始的信仰
请您赐予我的双手铸造的力量
请你赐予我的灵魂宝剑淬火的坚毅
我全不逃避。请您将我的头颅化作船首
再把我自己、我的心，不要变作某个父亲、某个兄弟，
某个儿子，而是那个父亲、那个兄弟、那个儿子，
不是某个丈夫，而是这举世无双的民族的爱人。

请让我反抗一切自负,却顺从它的天才
一如臂膀上伸出的铁拳!
请让我做它血脉的特派员
请让我做它愤恨的代理人
让我做个终结者
让我做个起始者
让我做个收割者
但也让我做个播种者

让我成为这些崇高使命的执行人[1]

是时候像个勇士般束紧腰带——

但如此为之,我的心啊,请让我远离所有仇恨
切勿让我成为我只憎恨的憎恨之人
因为虽然我只生于这独一无二的种族
您却知道我的爱统领一切
您知道绝不是出于对其他种族的恨
我要做这独特种族的开垦人
我所愿者
是为了全世界共同的饿

---

1. 崇高使命的执行人(exécuteur de ces œuvres hautes),化用法语中 exécuteur des hautes-œuvres,字面意为"高级工作执行人",对施刑人、刽子手的代称。这里诗人调换了名词与形容词的位置。

为了全世界共同的渴

令这种族终于自由的
从它封闭的内心深处酿出
果实的甘甜。

您看我们掌心的树木!
它为所有人,将它树干上
刻下的伤口
为所有人把土壤耕耘
又将陶然沉醉转向芬芳飞长的枝丫!


但在登上未来的果园之前
请让我在它们大海的腰带上与之相配
请赐予我期盼陆地的心
请赐予我在这贫瘠的大海上
可也抚过大手迎风的诺言
请赐予我在这多变的大海上
骄傲的独木舟的执着
和它海的生机。

看这小舟在摔碎的浪花上颠簸向前
看这小舟面对小镇的阴霾踏起祝圣的舞蹈

看这小舟发出炫目凤螺的象鸣
看这凤螺飞奔直向犹豫不决的山丘

而现在集二十倍强健之力短桨划破水面
小舟在海浪的猛击下直立，一时间失了方向，
想要逃离，但船桨粗暴的抚动让它调转船头，
于是小舟冲刺，一阵战栗袭过浪的脊柱，
大海流着口水咆哮
独木舟宛如沙漠中飞驰的雪橇。

清晨尽头，我阳刚的祈祷：
请赐予我怒海狂涛上这艘小舟的肌肉
还有宣告福音的凤螺那振奋人心的欢畅！

您瞧从此我不过一个人，任何腐败、任何唾骂都无法伤扰，
从此我不过一个人再不带怒意去接受
（从此心中只有无边的爱，灼灼燃烧）

我接受……我接受……全心全意，毫无保留……
我的种族哪怕混着神香草与百合的净体礼也无法净化
我的种族红疹啃噬全身
我的种族醉脚下熟透的葡萄
我那唾骂与麻风病的女王
我那鞭打与淋巴结核的女王

我那烂皮残屑与黄褐斑的女王

（哦那些我曾经热爱的女王在春天遥远的花园里背后是所有栗树蜡烛的光！）

我接受。我接受。

连同那被鞭笞的黑鬼说着："对不起我的主人"[1]

连同那合法的二十九下鞭刑[2]

连同那四尺高的囚室

连同那装了枝杈的枷锁[3]

连同我逃亡奴隶的胆量被砍断的脚踝[4]

连同我肩头的脂肪上流动着烧红的铁的百合花

连同沃尔捷·马扬库尔先生[5]的窝棚里

---

1. 下文列举均为黑奴受到的虐待与惩罚，多引自维克多·舍尔歇《法国殖民地：即刻废止奴隶制度》，（Victor Schœlcher, *Des colonies française. Abolition immédiate de l'esclavage*, Paris, Editeur Pagnerre, 1842）一书中的记载。
2. 自17世纪下半叶至19世纪，鞭刑长期是法律规定奴隶主可以对犯下某些罪行的奴隶实施的合法惩罚。自1685年3月路易十四颁布的《黑人法典》（*Code noir*，又称《1685年3月关于美洲诸岛奴隶的法令或敕令》[*Ordonnance de mars 1685 sur les esclaves des îles de l'Amérique*]）往后，宗主国与本土不同法令对鞭刑的具体数量做了不同规定，29下是在一些版本中不可超过的最高合法鞭刑数，但另也有30、50甚至更多的数量规定。
3. 据舍尔歇记载，这种刑具在枷锁上加装两支像鹿角一样的枝杈，以避免犯人逃入树林。参见前引舍尔歇《法国殖民地》，第101页。
4. 斩断脚踝是对逃亡奴隶的常见刑罚。有关逃亡奴隶（marron）见前注释栗子（marron）。
5. 此处列举的几个人名均是马提尼克臭名昭著的奴隶主。沃尔捷·马扬库尔（Vaultier Mayencourt），1841年7月28日马提尼克庭审记录中记述他将一名12岁至14岁的黑人男孩用铁链锁在自家马厩里长达7个月之久，（转下页）

我一连六个月贵宾犬的狂吠

连同布拉芬先生

连同德·富尼奥尔先生[1]

连同德·拉马奥迪埃尔先生[2]

连同热带莓疮

看门狗

自杀

拥挤窒息

长靴夹棍

镣铐

拷问台

肢刑架

裂头仪

您瞧,我是否已足够谦卑?膝上有足够的茧?腰上有足够的肌肉?

---

(接上页)男孩被发现时已非常虚弱。参见前引舍尔歇《法国殖民地》,第336页或1844年法国科学大会(Congrès scientifique de France)上舍尔歇的发言《废除奴隶制》(*L'Abolition de l'esclavage*)。

1. 布拉芬(Brafin)及富尼奥尔(Fourniol),据舍尔歇记载,1840年8月28日,布拉芬因过度惩罚致两名黑奴自杀而被告上法庭,以预审法官富尼奥尔为代表的司法人员因其素来善待奴隶为由驳回上诉,布拉芬后又被发送至轻罪法庭并被释放。参见前引舍尔歇《法国殖民地》,第37页。
2. 拉马奥迪埃尔(La Mahaudière),据舍尔歇记载,曾将一名名叫露西尔(Lucile)的女人关在一个只有4尺(约1.2米)高、6尺宽、9尺长的囚室里长达22个月。参见前引舍尔歇《法国殖民地》,第99页。

在烂泥中爬行。身体紧贴在浑浊的污泥里。背负。

泥的土。泥的天际。泥的天空。泥的死者，哦，掌心里等一口炙热气息唤醒的名！

西梅翁·皮基纳（Siméon Piquine），从不知道父母何人；没有任何市政知道他是谁而终其一生他都在四处——追寻他的名字

格朗沃尔卡（Grandvorka）——关于他我只知他已死去，在一个收获的夜晚被碾碎，向行驶中的机车轮下撒沙似乎是他的工作，好让车在颠簸的路面，继续前行。

米歇尔给我写了封署名奇怪的信。米歇尔·倒了霉[1]地址是"废弃区"还有你们他们幸存的兄弟

艾克赛依勒（Exéile）韦泰（Vété）孔戈洛（Congolo）朗凯（Lemké）布索隆戈（Boussolongo）有哪位治疗者会用他厚实的嘴唇

从豁然大开的伤口深处吸出毒液根深蒂固的秘密？

又有哪位谨慎的巫师会解开您脚踝上温热黏稠的死亡之环？

诸般存在呵我绝不在你们背上与世界和解。

---

1. 米歇尔·倒了霉（Michel Deveine），法语deveine有"运气不好，不走运"之意。

诸岛水中的伤疤
诸岛伤口的证明
碎屑岛屿
不成形的岛屿

诸岛海上撕碎的烂纸片
诸岛太阳烈焰的剑上并列串起的断节

倔强的理性你无法阻止我荒诞的依着我饥渴的洋流向海面掷去
你的形骸,岛屿畸形的残骸,
你的终局,我的战书。

卷曲成环的群岛,独一无二的美丽航船
我用我大海的巨掌把你轻抚。我用我信风的话语将你转动。我用我海藻的舌头把你舔舐。
我领你驶出海盗的劫掠

哦,死亡,你黏稠的泥沼!
沉船,你残骸的地狱!我接受!

清晨尽头,迷失的水洼、漂泊的芬芳、搁浅的风暴、折了桅杆的船、陈旧的伤口、发烂的骨头、水汽弥漫、被缚的火山、生根不良的死者、苦涩的嘶吼。我接受！

还有我独特的地理学；世界地图现在为我所用，不再染上博学者专断的色彩，而是依照我四溢鲜血的几何，我接受

还有对我的生物判定，不再因为某个面部角度、某种头发的形状、某个足够扁平的鼻头、某张足够黑的脸，还有黑人性，不再取决于某项头颅指标，或某种原生质[1]，或某种体质，而是由苦难的罗盘来测量

还有黑人日复一日愈发卑微，愈发懦弱，愈发贫瘠、失去深度，愈发向外扩散，愈发背离自我，愈发欺骗自我，愈发失去与自我的直接联系。

我接受，我接受这一切。

而一个个水泡惊人的朔望下澎湃的宫殿之海，完美躺在我臂弯的绝望里我故乡的躯体，和它颤抖的骨骼，还有它静脉里，犹疑的血好像受了伤的球茎顶端那滴植物的乳汁……

---

1. 原生质（plasma）与下文体质（soma）都是生物学词语。源自德国生物学家奥古斯特·魏斯曼（August Weismann，1834—1914）的种质连续学说（la théorie sur la continuité du plasma germinatif），他认为生物体内有承担遗传任务的种质（plasma germinatif）与后天受环境影响构成个体但不遗传的体质（soma）构成。

于是刹那间力量与生机猛冲向我好像一头公牛而生命的波涛绕着矮丘的乳头，现在所有静脉和毛细血管充满新鲜的血液而飓风的巨肺大口呼吸而火山积攒烈焰而地震的巨大脉搏击打出我坚定的燃烧中一具鲜活躯体的节奏。

现在我们站起来了，我和我的故乡，头发散在风里，我渺小的手掌握进它无边的大拳而力量不在我们之中，而在我们之上，在好像末日胡蜂的叮刺般穿透黑夜与听众的声音里。那声音宣告着欧洲已有数个世纪向我们填塞谎言又填充臭气，

因为绝非如此什么人类的伟业已经完成

而我们在世上一无是处

而我们是世界的寄生虫

而我们只得跟从世界的脚步可人类的伟业不过刚刚开始

可人类还要征服他热诚的角落里所有不可撼动的禁区

可没有哪个种族可以独霸美与智与力的巅峰

可在征服的队伍中人人都有一席之地而现在我们知道了太阳围着我们的大地旋转照亮了独由我们意志固定的那片土地而群星亦会听从我们无所禁忌的命令坠落大地。

现在我明白了神意审判[1]的含义：我的家乡正是我班巴

---

1. 神意审判（ordalie），中世纪审判法，通过神的意志进行判决，被告会被置于某种考验下（如火烧、沉水等），并由其能否通过考验来判断神的判决。

拉[1]祖先手中的"夜之长矛"。若是用鸡血浇淋它便会萎缩矛尖绝望得逃回袖里而它说它钟情的是人的鲜血,是人的脂肪、肝脏、人心,而不是母鸡的血。

所以我为我家乡寻找的不是蜜枣糖心,而是人的心脏,为了通过梯形巨门走进白银之城,它们泵出雄性的鲜血,而我用双眼扫过这数平方公里我的父性土地而我几近喜悦细数它的伤痕而我将一道道伤痕积攒仿佛稀有之物,而我的账目总为卑贱意料之外的铸币不断延伸。

也有人绝不原谅自己被造得不像上帝而像恶魔,他们认为当黑人就像做个二等职员:还可以更好还能爬得更高;他们在自我面前心惊肉跳,他们活在自己的地牢;他们披上骄傲的假晶[2];他们对欧洲说:"您瞧,我像您一样懂得鞠躬屈膝,像您一样懂得表示尊敬,一句话,我和您并无二致;请别在意我黑

---

1. 班巴拉(Bambara),班巴拉人是西非曼德人下属的一个民族,主要居住在今马里境内。约17世纪至19世纪建立过独立的王国。
2. 假晶(pseudomorphose),出自奥斯瓦尔德·斯宾格勒(Oswald Spengler,1880—1936)著作《西方的没落》(*Le Déclin de l'Occident*)中的一个概念。借用自矿物学术语"假晶现象"(pseudomorphosis),指一种岩石却表现为另一种岩石的外观的假象。斯宾格勒尤其用其借指一种古老文化实质存在于一种新文化的表象之下。"我想用'历史的假晶现象'这个术语来表示这样一种情形,即一种古老的外来文化在某个地区是如此强大,以至于土生土长的年轻文化被压迫得喘不过气来,不但无法达成其纯粹而独特的表现形式,而且不能充分发展它的自我意识。"[斯宾格勒:《西方的没落》(第二册),吴琼译,成都:四川人民出版社,2020年,第208页]

色的皮肤：那不过是我晒了晒太阳。"

还有拉皮条黑人，土著兵[1]黑人，以及这一整群斑马各显神通抖动身子巴不得在一滴鲜奶里抖落所有条纹。

而身处这一切之中我说乌哈！我的祖父死了，我说乌哈！过去的黑人性逐渐消亡。

再没有人会说：这是个好黑奴。

白人说这是个好黑奴，一个真正的好黑奴，他好主人的好黑奴。

我说乌哈！

这是个顶好的黑奴，

苦难伤了他的胸和背而人们在他贫瘠的脑子里填上压迫着他无法掌控的宿命；他对自己的命运无能为力；一个坏心的上帝早将禁律永恒地刻上他天生的骨盆；要做个好黑奴；要全心全意深信自己的卑微，绝不因邪恶的好奇心去查证命定的象形字到底写下何文。

这是个顶好的黑奴

而他从来不曾想过他可以锄掉、挖出、砍断一切，真正的

---

[1] 土著兵（Askari），源自阿拉伯语中"士兵、军队"（Askar）一词，最初指德国殖民地的土著兵，后延伸到所有殖民帝国统治下的本土士兵。

一切而不只是乏味的甘蔗。

这是个顶好的黑奴。

而人们朝他扔去石头、废铁、瓶渣,但无论这石头,这废铁,这瓶渣都不能……
哦,这个泥水土块上天主的平静岁月!

而鞭子与嗡鸣的苍蝇争夺我们伤口上的甘露。

我说乌哈!过去的黑人性
逐渐消亡
地平线分解,退后又伸张
此刻白云的碎片中闪过一个征兆
黑奴贸易船四处破裂……一副肚肠抽搐着咕噜直响……它货物骇人的绦虫啃噬着海洋母亲这怪异婴儿恶臭的大肠!
而无论像装满多布隆金币[1]的钱袋般鼓起的风帆的喜悦,还是对危险愚蠢的警卫舰戏弄的把戏都无法阻止它听见自己肠胃里轰隆低吼的威胁。

为了消遣船长把叫声最响的黑人吊死在横桁上或是扔进大

---

1. 多布隆金币(Doublon,又译达布隆),西班牙15世纪末至19世纪流通的金币名,来自西班牙语doblón,在西班牙本土及其殖民地如墨西哥、秘鲁等地使用。

海或是喂给他的看门犬作美餐而这不过徒劳

　　冒着炸洋葱气味的黑鬼依然会在他洒落的鲜血中找回自由苦涩的滋味

　　于是他站起身黑鬼

　　坐着的黑鬼
　　惊人地起身
　　站在货舱里
　　站在船舱里
　　站在夹板上
　　站在风里
　　站在阳光下
　　站在鲜血中

　　　　挺立
　　　　　而
　　　　　　自由
起身且绝不是在她海的自由与贫乏里可怜的疯女全然随着乱流回转且瞧他：
　　愈发惊人地起身
　　站在缆绳间
　　站在船舵前

站在罗盘前
站在地图前
站在星空下

  挺立
   而
    自由

而这净化的航船一往无前地航行在崩塌的水面。

而现在我们耻辱的噗通声在腐烂！
通过正午嘎啦作响的大海
通过午夜新芽萌发的太阳

你听攥住东方钥匙的鹰
通过缴了械的白昼
通过雨之石的投掷
你听紧盯西方的鲨

你们听正午北方的白狗，南方的黑蛇
你们连成天空的腰带
还有一片海要渡
哦，还有一片海要渡
好让我造出我的肺

好让王子闭上嘴巴

好让女王将我亲吻

还有一个老家伙要杀

一个狂人要救

好让我的灵魂发光吠叫发光

吠叫吠叫吠叫

而鸣叫吧猫头鹰我好奇的美丽天使。

笑声的主人？

美妙沉默的主人？

希望与绝望的主人？

懒惰的主人？舞蹈的主人？

是我！

而为此，天主

脖子发软的人们

请你接纳收回宿命的平静三角

而属于我的我的舞蹈

我坏黑人的舞蹈

属于我的我的舞蹈

斩断枷锁之舞

飞跃监狱之舞

  生为——黑人——既美——且好——又——光明——正大——之舞

属于我的我的舞蹈而太阳在我手的球拍上跃动

但这非法的太阳不再使我满足

缠绕吧,风,绕着我全新的生长栖上我循规蹈矩的手指

我给你我的意识和它肉体的节奏

我给你闪烁着我的懦弱的火焰

我给你长条锁链

我给你沼泽

我给你三角循环的不可旅行社[1]

吞食吧风

我给你我鲁莽的话语

吞食又缠绕吧

缠绕的同时以更加广阔的战栗拥抱我

拥抱我直至暴怒的我们

拥抱吧拥抱**我们**

可同样也将我们撕咬

直至我们的血中血撕咬!

拥抱吧,我的纯洁只与你的纯洁相连

不过拥抱吧

好像一片笔直的麻黄

每夜

我们多彩的纯洁

---

1. 不可旅行社(Intourist),Intourist 系苏联于 1929 年成立的国际旅行社名,是当时苏联唯一的国际旅行社。Intourist 一词是俄语中"国际游客"的缩写,其词型在法语中又与"非-观光者"(in-touriste)相近。

所以束缚吧，无怨无悔将我束缚

用你宽阔的臂膀把我绑上明亮的黏土

把我黑色的脉搏绑上世界之脐[1]本身

捆绑，将我捆绑，生涩的友爱

然后，将我吊死在你群星的套锁上

升吧，**鸽子**

上升

上升

上升

我跟随你，你印在我先祖的白色角膜。

升吧天空的舔舐者

而某月我曾愿溺毙于其中的巨大黑洞

现在在此我愿钓起黑夜那招致厄运的舌不动的卷行[2]！

---

1. 世界之脐（nombril du monde），希腊神话中宙斯向世界东西两极放出两只鹰，它们交会之处即为世界的中心。宙斯在此处放下翁法洛斯石器（Omphalos）。翁法洛斯在希腊语中意为"肚脐"，因而世界之脐也有世界中心的含义。
2. 卷行（verrition），塞泽尔所造新词，常见解读有二：一是源于拉丁文动词 vertere，指转动、旋转，与上文"缠绕的风"相呼应，同时与形容词"不动的"并用，让人想起不停转动又看似静止的夜空；二是源于拉丁文动词 verri, verro，指扫去、擦除。这个用法，同样见于1982年法国律师、作家让·安泰尔姆·布里亚-萨瓦兰（Jean Anthelme Brillat-Savarin, 1755—1826）所著《滋味生理学》（*Physiologie du goût*）："此外，我发现有至少三种在动物身上不存在的（舌头的）运动，我称之为探入、旋转、卷弄（来自拉丁语 *verro*，我扫去）。[……]第三种（卷弄）是指舌头，通过向上向下卷起，搜集可能留在嘴唇或牙龈半圆形凹槽里的食物。"这个意象因而与前文"夜的舌头"相呼应。译文选择"卷行"一词，勉强兼顾二意。

# 论殖民主义

一个文明，若是无法解决自身机制所引起的问题，便是正在衰落的文明。

一个文明，若是对自身最严重的问题视而不见，便是病态的文明。

一个文明，若是对自己的原则虚与委蛇，便是垂死的文明。

事实是，所谓的"欧洲"文明、"西方"文明，经过资本主义制度两百年的塑造，已经无法解决其存在本身催生的两大问题：无产阶级问题与殖民问题；无论在"理性"还是"良心"的审判台上，这个欧洲都无力为自己辩护；它愈发倾向于躲入伪善之中，而随着欺瞒逐渐不再可能，这种伪善也就愈发臭不可闻。

**欧洲无力防护**。

据说这是美国战略家们私下得出的结论[1]。

这话本身并不严重。

严重的是"欧洲"在道德上、精神上同样无力辩护。

而且时至今日，谴责不仅来自欧洲民众，全世界还有千万又千万的人，从被奴役的深渊站起，成为法官，高声宣读他们的控诉书。

那些人尽可以在印度支那草菅人命，在马达加斯加百般折磨，在安的列斯群岛肆虐横行。从今往后，被殖民者知道面对殖民者自己有了一个优势。他们明白了他们一时的"主人"撒

---

1. 上句中"无力防护"（indéfendable）一词在法语中有两重意思，既指无法抵御敌人的进攻、无法防卫，又指无法反驳对方的批判、为自己辩护。本文写于20世纪40年代末，正是二战结束后冷战开始的时期。

了谎。

所以他们的主人是脆弱的。

既然今天我被要求来谈一谈殖民与文明，不如开门见山从首要的谎言谈起，正是它滋生了其余种种流言。

殖民与文明？

这一点上最常见的不幸是好心办坏事受一种集体伪善的蒙骗，它善于歪曲问题以使某些人给出的无耻解答进一步合法化。

也就是说，问题的根本在于看清楚，想明白，就是说不无危险地、清楚明白地回答这个颇为天真的初始疑问：殖民行为就其本质而言到底是什么？还要明确它不是什么；它既不是福音布道，也不是慈善事业，既不志向推后无知、疾病与独裁的边界，也不意在广播"主"的恩泽，扩大"法"的疆土；必须一次性、不计后果地，承认这个问题上决定性的举动来自探险家和海盗，大宗货物贩子与船主，淘金者和商人，出自对力量的渴望，以及暗藏其后，一种文明形式投下的邪恶阴影，它在历史发展的某个阶段，发现必然的内生需求，要将它与对立经济体的角逐扩展到世界的每一个角落。

进一步分析，我发现伪善的行为不过近来有之；无论站在"大忒欧卡利"[1]高处发现墨西哥的科尔特斯[2]，还是面对库斯科[3]

---

1. 大忒欧卡利（le grand téocalli），中美洲等地的古代神庙名，状近金字塔。忒欧卡利在墨西哥纳瓦特语（Nahuatl）中指"神的房子"。
2. 科尔特斯（Cortez），指大航海时代西班牙航海家、探险家埃尔南·科尔特斯（Hernán Cortés, 1485—1547），征服南美洲的重要人物，是阿兹特克帝国的征服者。
3. 库斯科（Cuzco），古印加帝国首都，位于今秘鲁南部。

的皮萨罗[1]（还有面对汗八里[2]的马可·波罗），都没有声称自己是一种高等秩序的先行者；他们杀戮；他们劫掠；他们头戴盔甲，手拿长枪，心怀贪欲；夸夸其谈者来得更迟：这方面的罪魁祸首是基督教的迂腐卖弄，是它提出了以下虚伪的等式，基督教＝文明，异教＝野蛮，随之而来的只能是殖民主义与种族主义的恶果，而受害者则是印第安人、黄种人、黑人。

这个问题解决了，我当然承认让不同文明相互接触是好的；让不同世界彼此交融是美妙的；而一个文明，无论自身如何才华横溢，一旦封闭自我，便会凋零；在这一点上，交流就是氧气，而欧洲极其幸运之处就在于它是个十字路口，作为所有思想的交汇处，所有哲理的贮藏所，所有情感的接纳地，它当仁不让地迸发出全新的能量。

那么我要问：殖民行为是否真正建立了联系？又或者，各位不妨一想，在种种建立联系的方式中，殖民是不是最好的一种？

我的答案是不。

我以为从殖民到文明，距离无穷无尽；从积累起的所有殖民远征里，从编纂出的所有殖民法典中，在颁发过的所有政府通告里，都无法得出哪怕一种人文价值。

---

1. 皮萨罗（Pizarre），指大航海时代西班牙早期殖民者弗朗西斯科·皮萨罗（Francisco Pizarro, 1475—1541），征服南美洲的重要人物，侵略古印加帝国，建立了现代秘鲁首都利马。
2. 汗八里（Cambaluc），即元代大都，原文音为堪八禄克，系马可·波罗游记中对回鹘语的可汗大都（Khanbaliq）的拼写法之一。

首先必须弄清殖民行为如何致力于使殖民者"去文明化",在字面意义上让他们"变成野兽",使之退化,唤起他们心底深处埋藏的天性,贪婪、暴戾、种族仇恨、道德相对主义,接着还要指出,每当越南有一颗头颅被砍下,一只眼睛被刺瞎,而在法国人中并无异议,每当一个女孩被强奸,而在法国人中并无异议,每当一个马达加斯加人遭受酷刑,而在法国人中并无异议,都会有一分死亡的重负压在文明之上,都会发生一次普世的松动,都会生出一个坏疽,都会造成一次传染源扩散,而在所有这些被侵犯的条约、被散布的谎言、被容忍的征讨、被捆绑和"审问"的囚犯、被折磨的爱国者中,在这种被鼓励的种族傲慢、被炫耀的狂妄自大里,都有毒药渗入欧洲的血管,缓慢而无可置疑地使这片大陆"变得野蛮"。

于是,突然有一天,一个出人意料的回击让资产阶级如梦初醒:盖世太保忙碌着,监狱被填满,施刑者围着拷问架发明、改进、探讨。

他们大惊失色,他们义愤填膺。他们说:"这真是离奇!不过嘛……这是纳粹主义,总会过去的!"于是他们等待,于是他们希望;于是他们拒绝告诉自己以下真相,这是一种野蛮暴行,且是暴行的极致,是暴行之首,是日常点滴野蛮行径的总和;这是纳粹主义,没错,但在成为它的受害者之前,他们也曾是共犯;这种纳粹主义,他们在深受其害之前,也曾支持过它,为它开脱,对它睁一只眼闭一只眼,为它辩护,因为,此前,它的对象只有非欧洲的民族;这种纳粹主义,他们助长了它,他们难辞其咎,而它冒出、穿透、滴落,最终将他们淹没于西方基督教文明道道伤痕染红的血水中。

是的，完全有必要对希特勒的行径与希特勒主义展开详尽的临床研究，完全有必要让二十世纪极尊贵、极人道、极虔诚的基督教资产阶级认识到，一个全然不自知的希特勒就在它的体内，它被希特勒"附了身"，希特勒便是引导它命运的"恶灵"，而它对希特勒的斥责不过自相矛盾，归根结底，资产阶级无法原谅希特勒之处，并非其"罪行"本身，不是他"反人类的罪行"，并非其"对人本身的侮辱"，而是他对白人的罪行，对白人的侮辱，是他在欧洲实施了迄今为止只与阿尔及利亚的阿拉伯人、印度苦力与非洲黑人相关的殖民主义手段。

这便是我对伪人道主义的主要批判：长久以来，它将人权局限于极小范围，并一度对人权保有，且依然保有狭隘而局部、片面而不公的理解，总而言之，即是卑鄙可耻的种族主义理解。

我花了很多笔墨来谈希特勒。因为他值得被关注：作为突出现象，他让我们看清了资本主义社会，在现阶段，已经无法构想一种大众的权利，正如它无力建立一种个体的道德。无论人们愿意与否：在欧洲死胡同的尽头，我说的是阿登纳、舒曼、皮杜尔[1]还有其余几人的欧洲的尽头，便是希特勒。贪婪

---

1. 此处均为二战后欧洲政治家名。阿登纳（Adenauer），即康拉德·阿登纳（Konrad Adenauer，1876—1967），二战后联邦德国首任总理。舒曼（Schuman），指罗贝尔·舒曼（Robert Schuman，1886—1963），出生于卢森堡的法国政治家，对欧盟前身欧洲煤钢共同体建立起到重要作用，是促成法德和解、欧盟成立的关键人物之一。皮杜尔（Bidault），指乔治·皮杜尔（Georges Bidault，1899—1983），法国政治家，二战期间积极参加抵抗运动。战后历任总理和外交部长的职务。

求生的资本主义尽头，便是希特勒。在形式人道主义与忍让哲学的尽头，便是希特勒。

于是，这一刻，一句希特勒式的话语赫然出现在我眼前：

"我们憧憬的，不是平等，而是统治。异族之邦理应变回农奴、农业短工与产业劳工的国度。我们要做的不是消除人与人之间的不平等，而是扩大它，让它成为法则。"

这话说得直白、高傲、粗暴，让我们感到扑面而来不加掩饰的野蛮。但我们不妨后退一步。

说这话的人是谁？我赧于开口：是西方"人道主义者"，是"理想主义"哲学家。至于他叫勒南[1]，不过是个意外。而这句话的出处，题为：《知识与道德改革》，写于法国，彼时法国刚刚结束了一场它本想使之成为人权对抗武力的战争[2]，这个事实充分说明了资产阶级的秉性。

"高等种族对低等或劣质种族的革新是人类顺应天意之举。在我们国家，每个普通人几乎都是去了阶级地位的贵族，他厚重的手掌生来就更适于用剑，而不是奴性的工具。比起劳作，他选择战斗，也就是说，他回到了他最初的姿态。'以帝

---

1. 勒南（Renan），指埃内斯特·勒南（Ernest Renan, 1823—1892），法国作家、思想家、哲学家、史学学家，法兰西学术院院士，涉猎广泛，著有《何为民族》（*Qu'est-ce que la nation?* 也译作《何为国民》）、《知识与道德改革》（*La Réforme intellectuelle et morale*, 2018年中译本由海天出版社出版，译为《法兰西知识与道德改革》）。其思想对法国知识分子产生了深远的影响，但亦有其历史局限性，比如勒南就支持殖民行为与种族主义思想。
2. 指1871年的普法战争。《知识与道德改革》写于1871年春，是勒南受普法战争法国战败冲击而写就的作品。

国之统治管理万民'[1]，这便是我们的天职。去将这毁灭性的征伐施与，诸如中国这样呼唤异国征服的国家。至于扰乱欧洲社会的探险家们，让他们进行一场'神圣之春'[2]，让他们成为同法兰克人、伦巴第人、诺曼人[3]一样的族群，那么人人便会各居其位。天生下一个工人的种族，这便是中国人，他们有灵巧非凡的双手，却几乎没什么荣誉感；以公正治之，并为了这种善治，向它征收一笔丰厚的财产，以供征服者使用，它便会心满意足；天生下一个农耕的种族，这便是黑人；以友善仁慈待之，一切自会相安无事；天生下一个主人与战士的种族，这便是欧洲人。将这个高贵的种族像黑人和中国人那样困在营房里劳作，它便会反抗。在我们这里，所有反抗者，或多或少，都是未能履行天职的战士，他生来要过英雄的一生，您却赋予他违背种族的使命，差劲的工人，顶尖的士兵。然而，这种会让

---

1. 以帝国之统治管理万民（Regere imperio populos），原文为拉丁文，出自维吉尔《埃涅阿斯纪》卷六，系埃涅阿斯进入冥府后，其父安奇塞斯（Anchise）向其指明的罗马人的专长。译林出版社《埃涅阿斯纪》（杨周翰译，2018年）中译本中将全句译为"但是，罗马人，你记住，你应当用你的权威统治万国，这将是你的专长"（第170页）。
2. 神圣之春（Ver sacrum），原文为拉丁文，系古意大利奥斯坎-翁布里亚（osco-ombrienne）语支民族的宗教祭祀仪式名。在战争或自然灾害之后，人们为祈福，会将来年春天出生的孩子献祭给战神。这些孩子长大后，必须离开族群，另寻他处生活。
3. 法兰克人（Francs），公元5世纪入侵西罗马帝国的日耳曼人的一支，后在今法国、德国建立起法兰克王国。伦巴第人（Lombards），日耳曼人一支，公元6至8世纪统治今意大利大部分地区。诺曼人（Normands），公元7至11世纪占领今法国北部的维京人。这些部族都在迁徙过程中成为构成欧洲人口的一部分。

我们的劳工群起抗争的工作对一个中国人、一个农民来说，却是幸福的，他们全不是善战的人。使人人各依其天性而行事，则万事安焉。"

希特勒？罗森堡[1]？不，勒南。

不过，让我们再退一步。现在轮到巧舌如簧的政客了。当阿尔贝·萨罗[2]先生在对殖民地学院[3]学生的演讲中，教导他们"以某种所谓的占有权或另一种我不知从哪儿冒出来的粗暴的独立权"反对欧洲的殖民事业是幼稚的，它们只会"让财富永远空置于无能者手中而不得其用"。有谁抗议？据我所知，没有人。

又有谁为某位尊敬的巴尔德神甫（R.P. Barde）的话义愤填膺呢？他笃信这世上的财富，"若是如殖民不存在的情况一样，永远分散四方，既违背了神的旨意，也不符合人类群体的正当要求。"

毕竟，正如他的基督教同僚，尊敬的米勒神甫（R.P. Muller）断言："……人类不应，也无法忍受野蛮人因其无能、

---

1. 罗森堡（Rosenberg），指阿尔弗雷德·罗森堡（Alfred Rosenberg, 1893—1946），二战纳粹德国政治人物，纳粹主义、种族主义理论家，纳粹党主要战犯之一，1946年10月16日被执行绞刑。
2. 阿尔贝·萨罗（Albert Sarraut, 1872—1962），法国激进社会党政治家，曾任法属印度支那总督、第三共和国总理等职务。对两次大战期间法国殖民政策产生了很大影响。
3. 殖民地学院（L'École coloniale），1889年法兰西第三共和国时期创立于法国巴黎，用于培养殖民地官员，后经屡次易名改组，于2002年并入法国国家行政学院（École nationale d'administration）。

散漫与懒惰将财富永恒闲置，神赋予他们这笔财富，本应用来造福全体。"

没有一个人。

我是说：没有一位功成名就的作家，没有一位学术院院士，没有一位传教士，没有一位政治家，没有一位人权与信仰的十字军斗士，没有一位"人类的捍卫者"。

然而，从这些萨罗、巴尔德、米勒、勒南们嘴里说出的，从这些一度以为并依然以为，为了实力更强大、装备更精良国家的利益，便可"借公益之名合法掠夺非欧洲民族"之人口中说出的，便已然是希特勒的话语！

我想说明什么？说明以下观点：没有人是无辜的殖民者，也没有人可以行殖民之实而不受惩罚；一个殖民的国家，一个为殖民辩护——也就是为武力辩护的文明，已经是病态的文明，是道德败坏的文明，它必然，在一个又一个恶果中，一次又一次否认里，呼唤着它的希特勒，也就是说它的惩罚。

殖民：一种野蛮文明的桥头堡，它随时都可能成为对文明本身单纯直白的否定。

从殖民远征史中我找出了某些典型行为，曾经也在别处从容地说起过。

很可惜这并不合某些人的心意。看来是拉出了柜子里的骷髅[1]。不错！

---

1. 柜子里的骷髅（squelette dans le placard），也说柜子里的尸体（cadavre dans le placard），法语俗语，指深藏的秘密。

难道引用阿尔及利亚的征服者之一蒙塔尼亚克上校[1]的话毫无意义：

"有时为了摆脱困扰我的念头，我会让人去砍些脑袋，不是螺丝菜的菜头，而是货真价实的人头。"

难道可以否认德里松伯爵[2]的话：

"确实，我们带回了满满一桶被割下的耳朵，一对对的，来自囚犯，无论朋友还是敌人。"

难道应该拒绝圣阿尔诺[3]公开表白他野蛮信仰的权利：

"我们毁灭，我们放火，我们掠夺，我们摧毁房屋与树木。"

难道应该阻止比若元帅[4]用某个大胆的理论将这一切体系化，并扬言效法伟大的祖先：

---

1. 蒙塔尼亚克上校（Colonel de Montagnac），指吕西安·德·蒙塔尼亚克（Lucien de Montagnac，1803—1845），法国军官，法国侵略阿尔及利亚期间多场屠杀的主使。
2. 德里松伯爵（Comte d'Hérisson），指莫里斯·迪里松·德里松（Maurice d'Irisson d'Hérisson，1839—1893），法国军官，曾在信件中记录下对阿尔及利亚发生的暴行的见闻，这些信件后于1891年被集结成册，以《围猎活人，阿尔及利亚战争》（*La Chasse à l'homme, guerres d'Algérie*）为题出版。
3. 圣阿尔诺（Saint-Arnaud），指雅克·勒鲁瓦·德·圣阿尔诺（Jacques Leroy de Saint-Arnaud，1798—1854），法国军官，1852年晋升法国元帅，参与了法国入侵阿尔及利亚战争及克里米亚战争。
4. 比若元帅（maréchal Bugeaud），指托马-罗贝尔·比若（Thomas-Robert Bugeaud，1784—1849），法国元帅，参加过半岛战争，曾参加镇压1834年巴黎起义。法国入侵阿尔及利亚的主要指挥者，后任阿尔及利亚总督。在阿尔及利亚改进了法国军队的反游击战策略，镇压了阿尔及利亚民族英雄阿卜杜·卡迪尔的游击战，后采用焦土策略等残酷军事手段。

"非洲需要一场伟大的入侵,正如法兰克人、哥特人所做的那样。"

最后,难道能把热拉尔指挥官[1]令人难忘的功绩扔进遗忘的阴影,并对他占领昂比奇的事迹默不作声,这座城市,实话说,根本没有想过自卫:

"给殖民地步兵[2]的命令是只杀掉男人,但没人阻止他们;在血腥味的刺激下,他们没有放过一个女人、一个小孩……傍晚时候,热气蒸腾下,一阵薄雾升起:那是五千名受害者的鲜血,一座城市的阴影,在夕阳里化为云烟。"

这些确有其事,是或否?还有洛蒂[3]通过他的小型军官望远镜筒看到安南人号展开漂亮的屠杀时,他令人毛骨悚然的施虐快感与难以言喻的欢愉?这是不是真的[4]?如果确有其事,

---

1. 热拉尔指挥官(commandant Gérard),指奥古斯丁·热拉尔(Augustin Gérard, 1857—1926),曾在马达加斯加担任参谋长,被认为是马达加斯加昂比奇(Ambiky)屠杀的主谋。
2. 殖民地步兵(tirailleur),又译作原住民步兵,指旧时在法国殖民地招募的士兵。他们在法国19世纪下半叶至20世纪60年代的历史中扮演了重要角色,参与了法国多次殖民远征、两次世界大战及战后对殖民地反抗的镇压。
3. 洛蒂(Loti),即皮埃尔·洛蒂(Pierre Loti, 1850—1923),法国小说家、海军军官,法兰西学院院士。游历美洲、大洋洲、塞内加尔、日本、中国等地,作品富有浪漫主义色彩,以对异国情调的描写闻名,著有小说《菊子夫人》,纪实散文《在北京最后的日子》等。
4. 此处所指是洛蒂关于法国占领顺安(Thouan-an,越南市镇名——译者注)的记述,1883年9月刊登于《费加罗报》(*Le Figaro*),后被N. 赛尔邦(N. Serban,指Nicolas Serban,罗马尼亚雅西大学法语文学教授——译者注)在《洛蒂,其人其文》(*Loti, sa vie, son œuvre*)一书中引用。"于是大屠杀开始了。我方的炮火齐发!而我们欣喜地看到,那些轻易可控的炮火轨迹,在(转下页)

正如无人有权否认,还会不会有人,为了大事化小,声称这些尸体什么也无法说明?

至于我自己,我重提这些惨无人道的屠杀的细节,并非出于病态的愉悦,而是因为我认为这些人头、这些被割下的耳朵、这些被烧毁的房屋、这些哥特入侵、这些冒着热气的血、这些在硝烟中消失的城市,没有人可以轻而易举地摆脱。它们证明了殖民行为,我再重复一遍,会让哪怕最文明的人失去人性;而建立在对本土人民的蔑视之上,又以这种轻蔑为依据的殖民行为、殖民事业、殖民征服,会不可避免地改变它的施行者;为了问心无愧,殖民者逐渐习惯于视他人为"野兽",训练自己待他人如野兽,于是客观上把自己也变成了"野兽"。这一举动,这种殖民的反噬,正是尤其需要指明的。

片面之见?非也。曾几何时,同样的事实一度是人们炫耀的资本,曾几何时,人们对来日充满信心,畅意直言。最后一段引文;摘自某位卡尔·西热,《论殖民》一书的作者[1]:

"新生国家是向个人暴力活动敞开的旷野,在大都市,这些行为可能会遭遇某些成见,受到一种审慎、守纪的人生观制约,而在殖民地,这些活动可以更自由地展开,并随之更好地确认其自身价值。如此,殖民地之于现代社会,在某种意义

---

(接上页)有条不紊又坚定的指挥下,以每分钟两次的频率落在对方头上……我们看见他们完全失了控,晕晕乎乎爬起来想要逃跑……踉踉跄跄、东倒西歪地逃亡,又滑稽地翻卷起来,直到腰部……后来我们开始点数死人,以作消遣……"等等。——原注

[1]. 卡尔·西热(Carl Siger),《论殖民》(*Essai sur la Colonisation*),巴黎,1907。——原注

上，可以起到安全阀之效用。其用途哪怕只有这一条，也是非常可观的。"

事实是，有些罪行无人可以修正，也永远无法彻底偿还。

不过还是让我们来谈谈被殖民者。

我清楚地看见被殖民摧毁的一切：那些可敬的印第安文明，无论德特丁[1]，还是荷兰皇家[2]，还是标准石油[3]，都无法抚慰阿兹特克人与印加人带给我的伤痛。

我清楚地看见那些被判了死刑的文明，殖民行为在此引入的原则是毁灭：大洋洲、尼日利亚、尼亚萨兰[4]。至于殖民带来的事物我却看得不太真切。

安全？文化？法度？与此同时，当我望去，我看见无论何处，只要殖民者与被殖民者面对面，便是蛮力、粗暴、残忍、凌虐、冲突以及拙劣模仿着文化教育，匆匆炮制的成千上万让事务正常运转所必需的低级官吏、男仆、工匠、商务雇员和翻译。

刚才我谈到交流。

在殖民者与被殖民者之间，只容得下徭役、恫吓、高压、

---

1. 德特丁（Deterding），指亨利·德特丁（Henri Deterding, 1866—1939），荷兰商人，荷兰皇家石油公司创始人之一。
2. 荷兰皇家（Royal Dutch），指荷兰皇家石油公司，1890年创立，1907年与壳牌运输合并，成为现在的荷兰皇家壳牌公司。
3. 标准石油（Standard Oil），指标准石油公司，1870年成立的美国大型石油公司。
4. 尼亚萨兰（Nyassaland），即今马拉维共和国，1871年英国宣布其为"英属中非保护地"，1964年独立。

警戒、税赋、偷盗、强奸、强迫劳作、轻蔑、猜忌、傲慢、自满、粗野,无脑的精英和无耻的大众。

全无人与人的交流,有的只是统治与屈服,它们让殖民者成为棋子、兵卒、监狱看守、武器棍棒,又让当地人沦为生产工具。

现在轮到我提出等式了:殖民 = 物化。

我听见愤怒的风暴。他们跟我说进步、"成就"、被治愈的疾病、高出原本的生活水平。

而我,我要说的是被掏空的社会、被践踏的文化、被扼杀的信仰、被消灭的恢弘艺术、被剥夺的种种非凡"可能"。

他们劈头盖脸向我抛来事实、数据,抛来公路、水道、铁路的公里数。

而我,我要说的是成千上万牺牲在刚果—大西洋铁路[1]的人。我要说的是就在我写作时,依然用手挖着阿比让港[2]的人。我要说的是千百万被夺去他们的神明、他们的土地、他们的习俗、他们的生活,被夺去生命、舞蹈与智慧的人。

我要说的是这千百万的人,他们被巧妙地灌输了恐惧、自卑、颤抖、屈从、绝望、奴颜媚骨。

他们向我炫耀出口的棉花或可可吨位,还有种下的橄榄与

---

1. 刚果—大西洋铁路(Chemin de fer Congo-Océan),从今刚果共和国首都布拉柴维尔到刚果第二大城市、重要出海口黑角的铁路。1921年至1923年间由法国殖民者修建,其间有1.7万至2万名非洲劳工丧生。
2. 阿比让港(le port d'Abidjan),位于今科特迪瓦,1950年完工,西非海岸上的重要港口。

葡萄公顷数。

而我，我要说的是自然的"经济"，和谐多样的"经济"，与本土需求相适应的"经济活动"被扰乱，粮食种植无以为继，大批民众食不果腹，而农业发展只以宗主国的利益为导向，我要说的是对产品的劫掠，是对原材料的掠夺。

他们夸耀权力滥用被根除。

那么我也要说权力滥用，可我要说的是，在那些旧有的、确实存在的滥权基础上，他们又添上了别的、更为恶劣的滥权。他们告诉我本地独裁者被制服；可我的观察是总体而言这些独裁者与新来的相谈甚欢，而且从新人到旧人，反之亦然，都建立起一套以剥削人民利益为基础、互行方便、同流合污的循环。

他们跟我说文明开化，而我则说起无产阶级化与愚民之言。

至于我，我理所当然地歌颂与欧洲相反的文明。

每当一天过去，每有一种正义被否定，每当警察挥舞棍棒，每当工人的诉求溺毙于鲜血，每有一种丑闻被掩灭，每一次征讨，每一辆防暴车[1]，每一个警察和每一个民兵，都让我们感受到我们古老社会的价值。

它们是集体的社会，绝不让全体为少数人服务。

它们不仅是前-资本主义社会，一如人们常说的，更是

---

[1] 防暴车（car de C.R.S.），C.R.S 系法国共和国保安队（又称共和国安全部队，Compagnies républicaines de sécurité）的简写，作为法国国家警察下属特殊部队，主要负责在重大事件中维持公共秩序与安全。

"反-资本主义社会"。

它们是民主的社会，从来如此。

它们是合作的社会，友爱的社会。

我理所当然地歌颂被帝国主义摧毁的社会。

它们一度是事实，从未奢求变成理念，尽管也有缺陷，但它们既不应遭人憎恨，也不该接受惩罚。只是存在它们便心满意足。在它们面前，无论"失败"一词，还是"灾难"一词，都没有意义。它们一度保有完好无损的希望。

而这便是我们能对欧洲人在欧洲之外的所作所为说出的唯一真诚的评价。我仅有的宽慰在于，殖民终会过去，而那些民族只是暂时沉睡，他们的人民幸存了下来。

话虽如此，似乎在某些领域，有人假装在我身上看到了一位"欧洲的敌人"，看到了一位宣扬回归"前-"欧洲时代的先知。

就我而言，我翻来找去，是寻不出自己能在哪里说过这样的话；他们又是在哪里看见我贬低欧洲在人类思想史上的重要性；在哪里听见我鼓吹了什么"回归"；在哪里见到我扬言还有"回到过去"的可能。

事实上我所说的完全是另一回事，即非洲历史上最大的悲剧，并不全在它与世界的交流来得太迟，而在于这种交流建立的方式；正是当欧洲落入最不择手段的金融家与企业家手中时，欧洲才"扩散"开来；命运的不幸让我们与这个欧洲在途中相遇，而对人类社会而言，这个欧洲要为有史以来最高的尸堆负责。

此外，在评价殖民行为时，我也曾补充道欧洲与甘愿臣服的本土封建主之间关系融洽；与他们达成了某种卑鄙的共谋关系；使他们的独裁统治更加切实、高效，其行为不啻于人为为本土传统中最有害的残余续命。

我说的是——这与前文截然不同——殖民主义欧洲将现代的滥权嫁接到古老的不公之上；将臭名昭著的法西斯主义嫁接到由来已久的不平等之上。

如果有人想诉诸动机来批驳我，那么我坚持认为殖民欧洲从殖民体制在某些领域取得的显而易见的物质进步来"倒推"殖民行为的合法性是完全失当的，因为在历史中，一如别处，"剧变"随时可能发生；没有人知道同样这些国家若是没有欧洲干预能在物质上发展到何种程度；非洲或亚洲的技术进步、行政革新，简言之，即是它们的"欧化"——正如日本的例子所证明的那样——与欧洲的"占领"毫不相干；非欧洲大陆的欧洲化可以在欧洲的铁蹄之外以另一种方式完成；这种欧化运动"本就正在行进"；它甚至反被拖慢；无论如何，都因欧洲的操纵而走上歧途。

证据就是，当今世界，是非洲和亚洲的本土民众在要求开设学校，而殖民欧洲却在不断拒绝；是非洲人民在要求开放港口和公路，而殖民欧洲却在这个话题上斤斤计较；是被殖民者想要前进，而殖民者却拖沓在后。

不止于此，我毫不掩饰地认为，今时今日，西欧的野蛮行径尽管令人发指，却还有它的超越者，唯一一个，名副其实地远远超过了它，那便是"美国"。

我指的不是希特勒，不是狱卒，不是探险家，而是他们对面那些"体面人"；不是党卫军，不是匪帮，而是正直的资产阶级。莱昂·布卢瓦[1]何其天真，还曾义愤填膺，认为不应将"为印第安[2]做出基督教美德榜样"的重任交由骗子、叛徒、造假者、小偷和皮条客。

情况毕竟有了进步，时至今日，轮到"基督教美德"的持有者自己，用造假者和行刑人那一套来谋取——当然他们做得相当成功——执掌海外的荣耀了。

这一迹象标志着残忍、谎言、卑劣、腐败已经完美侵蚀了欧洲资产阶级的灵魂。

我再重复一遍，我说的不是希特勒，不是党卫军，不是大屠杀，不是就地处决。我说的是这般被捕捉到的反应，是这般被容许的条件反射，是这般被纵容的犬儒主义。以及，若是有人想要证词，参加法国国民议会的经历向我呈现的这般歇斯底里的食人场面。

唷嗨，我亲爱的同僚们（正如常用的说法），我向你们脱

---

1. 莱昂·布卢瓦（Léon Bloy, 1846—1917），又译莱昂·布洛伊，法国作家，信奉天主教。其1884年发表的第一部作品《揭示地球的人》(*Révélateur du Globe*)以哥伦布为主题。此处引文出自其1909年作品《穷人之血》(*Le Sang du pauvre*)。

2. 原文为 Indes，直译即印度，原文中应与"西印度"同义，即指美洲新大陆。

帽致敬（我食人的高帽，当然啦）。

想一想吧！马达加斯加的九万名死者！被践踏、碾碎、谋杀的印度支那，从中世纪的箱底翻出的酷刑！一出好戏呵！这个让您在困顿时提神醒脑的惬意哆嗦！这些原始的叫嚷！皮杜尔，沾了屎污的圣体饼模样——伪善圣人故作矜持[1]的食人行径；泰特让[2]，见鬼的活筛子，稀里糊涂的阿里博驴[3]——法学汇编式[4]的食人行径；穆泰[5]，狡猾商贩的食人行径，口袋满满

---

1. 故作矜持，原文为Sainte-Nitouche，字面意义系人名，音译作"圣-妮杜什"，一般用来形容过分拘谨、矜持的女性，或是广义上装出谨慎、无辜模样的人。
2. 泰特让（Teitgen），指皮埃尔-亨利·泰特让（Pierre-Henri Teitgen, 1908—1997），法国政治家、法学家。二战期间曾参加法国抵抗运动。是战后法国基督教民主主义的重要人物之一。
3. 阿里博驴，短语"阿里博龙大师"（Maître Aliboron）指书呆子、自命不凡的蠢人，亦是文学作品中蠢驴的代称。《法语宝库》（Trésor de la langue française）认为，阿里博龙一词最早可能来自拉丁文helleborus，指毛茛科铁筷子属植物。因这种植物曾被认为是万能灵药，发展出以"阿里博龙大师"代指医生的用法，进而延伸出"自以为知识丰富却一事无成的人"之意。拉封丹在《小偷和驴》中将驴子命名为阿里博龙，又把阿里博龙和驴子的形象联系在一起。另也有说法认为阿里博龙源自波斯著名科学家、史学家、哲学家比鲁尼（Al-Biruni, 973—1048）的西文名。
4. 即潘德克吞法（Pendectes），又名《学说汇纂》（又译《法学汇编》，Digeste），是拜占庭皇帝查士丁尼一世530年下令编纂的法学著作，收录历代罗马法学家的学说著作和法律解答，是罗马法《国法大全》（又译《民法大全》，Corpus iuris civilis）的组成部分。
5. 穆泰（Moutet），指马里于斯·穆泰（Marius Moutet, 1876—1968），法国政治家，社会党人。二战前后历任法国殖民地部部长、法国海外部部长等职务。在殖民问题上主张宽容的同化政策，反对暴力镇压与维权主义。曾任命第一位黑人公务员（费利克斯·埃布埃，Félix Éboué, 1884—1944）为瓜德罗普总督。但也曾派法国军队镇压马达加斯加起义。

当当，手脚不干不净[1]；科斯特-弗洛雷[2]，舔不出熊样[3]、一脚踏进泥潭[4]的食人行径。

终生难忘呵，先生们！几句裹带似的庄严肃穆的漂亮话，他们就给您绑来个马达加斯加人。几个平常词语，他们就为您捅死了他。不过喝口酒的工夫，他们就已开膛破肚。活儿干得漂亮！一滴血都没浪费！

喝干指尖最后一滴宝石红的人[5]，做事绝不掺水[6]。有的，像拉马迪埃[7]，学着西勒努斯[8]的做派，因此弄脏了脸；有的像丰

---

1. 此处原文系法语俚语"头上有黄油"（avoir du beurre sur la tête），指某人犯下了某种罪行，或可能隐瞒了某种罪行。尤为小偷行话。
2. 科斯特-弗洛雷（Coste-Floret），指保罗·科斯特-弗洛雷（Paul Coste-Floret，1911—1979），曾任法国海外部部长，其主导政策后促成法国1947年在印度支那签订《下龙湾协议》，承认越南在法兰西联邦框架内的所谓"独立"地位。这一政策后以失败告终。
3. 舔不出熊样（ours mal léché），法语俗语，指人行为举止粗俗缺乏教养。古时法国人曾相信小熊生下来后，需要由母熊舔舐才能成形。拉伯雷曾提及类似观点。拉封丹在寓言故事《熊和园艺爱好者》中就曾用 à demi léché（半舔过的）来形容不太聪明的熊。
4. 此处系直译，（mettre les pieds dans le plat），即很不谨慎地处理微妙的主题，或是将事情弄得一团糟。
5. 短语 faire rubis sur l'ongle，字面意义为指甲上的宝石红，本意指倒光杯中的酒，直至最后一滴可以停留在指甲上。引申义近 sur le bout de l'ongle，指做事情彻底。
6. 此处作者化用短语 mettre de l'eau dans son vin，字面意义为往酒里加水，引申义指平息怒意，或放低野心、预期，变得温和。
7. 拉马迪埃（Ramadier），指保罗·拉马迪埃（Paul Ramadier，1888—1961），法兰西第四共和国第一任总理。
8. 西勒努斯（Silène），希腊神话中半人半羊的森林之神（satyre），酒神狄俄尼索斯的养父和老师，极爱饮酒，常常被当做"沉醉"（Ivresse）的象征。

吕-埃斯佩拉贝[1]，因此给胡子上了浆，有了圆—脑—袋—的—老—高—卢—人[2]风格；上了年纪的德雅尔丹[3]探身去闻桶里的香气，像闻过甜酒一般飘飘然起来。暴力！弱者的暴力。兹事体大：一个文明最先烂掉的不是脑袋，而是心。

我承认，为了欧洲与文明的健康，由颤巍巍的老家伙和出色的年轻人，教会的好学生破口骂出的一声声"杀！杀！"，一声声"这事必须见血"，比巴黎银行门口最骇人听闻的持枪抢劫更让我生厌又震惊。

而这一切，您瞧，不过稀松平常。

相反，资产阶级的野蛮行为，才是法则。这种粗野行径，我们一路追踪而来，已有一个世纪。我们听着它的脚步、捕捉它的身影、闻着它的气味、追随着它、失去踪迹、再次找回、悄悄跟随，而日复一日，它展现出的面貌越发令人作呕。噢！惹恼我的并不是诸位先生的种族主义。我并不因之愤怒。我只是了解它。我观察到这个现象，仅此而已。我几乎对他们能这样掏心掏肺、将一切暴露于天日之下感到心满意足。这是个信号。标志着从前在巴士底狱愤然而起的无畏阶级早已被斩断了

---

[1] 本质上不坏，他后来的表现也证明了，只不过当天失了控。——原注。丰吕-埃斯佩拉贝（Fonlupt-Espéraber），指雅克·丰吕-埃斯佩拉贝（Jacques Fonlupt-Espéraber，1886—1980），法国政治家，基督教民主主义者，同皮杜尔、泰特让等人一样，是人民共和运动党的成员。
[2] 这是一句歌词，出自爱国歌曲《洛林进行曲》，写于1892年。
[3] 德雅尔丹（Desjardins），指夏尔·德雅尔丹（Charles Desjardins，1878—1951），法国政治家。

脚踝[1]。标志着它自觉行将就木。标志着它自觉身如死尸。而当这具尸首胡言乱语，说出口的话便发出这种气味：

"哥伦布时代，欧洲人拒绝将遍布新世界的劣等人视作自己的同类，这个第一反应揭示了十二分的真理……只需将目光在野人身上停留片刻，就会读出其中写下的诅咒，我说的不仅是他灵魂上的诅咒，还有在他外在形体上写明的诅咒。"

而为这句话署名的是约瑟夫·德·迈斯特[2]。

（以上，是神秘主义论调。）

接下来，还有如此气味：

"作为自然选择主义者，我认为黄种与黑种成分数量的大幅增长非常堪忧，要想清除他们恐怕十分困难。但如果未来社会采取一种二元组织形式，包括一个长脸金发的统治阶级和一个只从事最粗重体力劳动的低等阶级，或许后一项任务可以落在黄种和黑种成分身上。而且在这种情况下，他们对长脸金发人来说，就不再是一种困扰，而成为一种优势……我们不应忽视（奴隶制）并不比驯化牛马更稀奇。所以它完全可能在未来以某种形式再现。甚至可以说，只要没有简单化措施的干预，这种情况很有可能将不可避免地发生：只有唯一的高等阶级，通过选择达到平衡。"

---

1. 原文系 avoir les jarrets coupés，直译为"被斩断了脚踝"，指失去力量、失去了行动力。
2. 约瑟夫·德·迈斯特（Joseph de Maistre, 1753—1821），法国保守主义思想家、政治家，对法国大革命的发展感到失望，拥护君主制和教会。

以上，是科学主义论调，而署名者是拉普热[1]。

此外还有这种气味（这次是文学论调）：

"我明白自己应该相信我比曼贝雷[2]那些可怜的巴亚族人[3]更高级。我知道自己应该为我的血统感到骄傲。当一个上等人不再相信自己更高级时，他便在事实上不再如此了……当一个高等种族不再相信自己是天选的种族时，它便确实不再是被选中的种族了。"

而这句话的署名人是非洲兵普西卡里[4]。

翻译成新闻行业的行话，便得到法盖[5]这番话：

"蛮族[6]毕竟与希腊罗马人同一个种族。他是位表亲。黄种人、黑人则完全不是我们的亲戚。他们与我们之间才有真正的且非常巨大的'人种'差异与距离。毕竟，迄今为止，只有白种人创造出了文明……如果欧洲黄化，那么一定会发生倒退，

---

1. 拉普热（Lapouge），指乔治·瓦谢·德·拉普热（Georges Vacher de Lapouge，1854—1936），法国人类学家，优生学理论家。
2. 曼贝雷（Mambéré），曼贝雷河，流经今中非共和国的河流。
3. 巴亚族（Les Bayas），中非的一个族群。
4. 非洲兵普西卡里（Psichari-soldat-d'Afrique），指埃内斯特·普西卡里（Ernest Psichari，1883—1914），法国军官、作家，埃内斯特·勒南的外孙，在殖民地军队服役，根据自己的见闻创作了很多自传性作品。早年受无政府主义、自由主义影响，后成为极右翼民族主义的坚定支持者，死前改宗天主教。
5. 法盖（Faguet），指埃米尔·法盖（Emile Faguet，1847—1916），法国作家、文学批评家，曾与多份报纸期刊合作，发表文学、政治等主题文章。
6. 此处指入侵古希腊、罗马的蛮族，如日耳曼人，包括前文提到的法兰克人、伦巴第人等。蛮族（Barbare）一词原指古希腊、罗马人说不同语言、有不同习俗的人，后随基督教普及也指异教徒。

一个蒙昧与混乱的时代重又降临,那将是第二个中世纪。"

接下来,更低一级,再往低处去,直到沟壑最深处,铲子都挖不到的地方,法兰西学术院院士,《两世界评论》[1]的儒勒·罗曼先生[2](当然了,法里古勒先生又换了个新名字也不要紧,这次,他顺应形势所需自称萨勒塞特[3])。重点是儒勒·罗曼先生最终这样写道:

"我只想和愿意做以下假设的人讨论:假如法国本土有一千万黑人,其中五六百万在加龙河谷[4]。我们英勇的西南人民难道就不会受种族偏见的影响?如果某天我们有可能要将所有权力交与这些黑人、这些奴隶的后代手中,难道就不会有丝毫担忧?……我曾经面对面看见过二十多个纯黑人组成的队列……我甚至不是在责备我们的黑人男女嚼口香糖。我只是观察到……这个动作让下颌骨显著凸显,而您脑海中产生的联想更倾向于将您带往热带丛林,而不是泛雅典娜节[5]的游行队

---

1.《两世界评论》(*Revue des deux mondes*),又译《两大陆评论》,1829年创刊的法国文学月刊,19世纪法国重要的文学阵地。
2. 儒勒·罗曼(Jules Roman,1885—1972),原名路易·亨利·让·法里古勒(Louis Henri Jean Farigoule),法国诗人、作家,法兰西学术院院士,代表作有诗作《一体的生活》(*La Vie unanime*,又译《一致的生活》),讽刺喜剧《克诺克医生或医学的胜利》(*Knock ou le Triomphe de la médecine*)。
3. 萨勒塞特(Salsette),指儒勒·罗曼1942年发表作品《萨勒塞特游美国》(*Salsette découvre l'Amérique*,New York, Edition de la Maison française, 1942)的主人公。
4. 加龙河(la Garonne),法国主要河流之一,位处法国西南部,发源于西班牙,流入大西洋。
5. 泛雅典娜节(Panathénées),雅典城每年夏季举办的社会宗教节日,用来祭祀女神雅典娜,庆祝活动包括迎神像游行、献祭、体育比赛与文化宗教仪式等。

列……黑色人种还没有，也永远不会贡献出一位爱因斯坦、一位斯特拉文斯基[1]、一位格什温[2]。"

为愚蠢的比较还以愚蠢的比较：既然《两世界》和其他地方的先知邀请我们将"不相及"的事物联系在一起，那就请他允许我这个黑人觉得——联想往往是不可控的——他的声音比起多多那圣地的橡树乃至铜锅[3]，更贴近密苏里骡子的叫声。

再一次，我理所当然地歌颂我们古老的黑人文明：它们是崇礼的文明。

那么，有人和我说，真正的问题是回到过去。不，我再次重复。我们不是那种"非此即彼"的人。在我们看来，问题不在于尝试某种不切实际又徒劳的模仿，而是超越。我们想做的不是复活某个已死的社会。我们把这个目标留给异国情调的爱好者。我们要做的也不是延续当下的殖民社会，太阳底下所有腐尸里最臭的这一具。我们需要的，是在所有奴隶兄弟的帮助下，建立一个全新的社会，既富于现代生产的力量，又带着古老友爱的温情。

---

1. 斯特拉文斯基（Stravinsky），指伊戈尔·菲德洛维奇·斯特拉文斯基（Igor Fedorovitch Stravinsky，1882—1971），俄裔作曲家、指挥家、钢琴家，先后获得法国、美国国籍，20世纪最具影响力的作曲家之一，现代主义音乐代表，代表作有舞剧音乐《火鸟》《春之祭》，歌剧《普西芬尼》等。
2. 格什温（Gershwin），指乔治·格什温（Georges Gershwin，1898—1937），原名雅各布·格肖维茨（Jacob Gershowitz），俄国犹太裔美籍作曲家，代表作有《蓝色狂想曲》《波吉与贝丝》《一个美国人在巴黎》等。
3. 多多那圣地（Dodone），古希腊西北部伊庇鲁斯地区的宗教圣地，宙斯神庙所在处。柏拉图《斐德罗篇》中曾借亚里士多德口说多多那圣地的祭祀通过风吹过橡树的声音倾听神谕。橡树因此也被认为是传达神谕的媒介。多多那的铜锅用途相近，具体使用方法有争议，一说祭祀通过铜锅中的回响解读神谕。

关于这种可能性，苏联给了我们一些例证……

但还是回到儒勒·罗曼先生这儿来。

不能说小资产阶级不读书。正相反，他什么都读过，什么都往下咽。

只不过他大脑的运行方式和某些基础消化器官无异。它要过滤。而它的滤网只允许通过能够滋养资产阶级良心这层厚皮的东西。

越南人，在法国人来到他们国家之前，曾是拥有古老、精致、细腻文化的人。这个提示可不合东方汇理银行[1]的意。快让遗忘机制运行起来！

今天饱受折磨的马达加斯加人，不到一个世纪之前，还是诗人、艺术家、官员？嘘！把嘴封上！而缄默沉稳得像保险箱一样！幸好还有黑人。哈！黑人！不如来谈谈黑人！

好啊，是的，那就谈谈黑人。

谈谈苏丹帝国？贝宁铜雕？尚戈雕像[2]？乐意为之；这肯定会让我们对使那么多欧洲都城倾心的非凡艺术次品刮目相看。还有非洲音乐。何乐而不为？

而在早期探险家的见闻叙述里……我说的不是在殖民公司的饲料槽里讨饭吃的那些人！而是一个个德尔

---

1. 东方汇理银行（la Banque d'Indochine），直译为"印度支那银行"，1875年由法国政府在巴黎设立，用以向法国在亚洲和大洋洲的殖民地发放货币。1975年与苏伊士与矿业联合银行合并为东方汇理与苏伊士银行，1996年并入法国农业信贷银行。

2. 尚戈（Shongo），可能指西非尼日利亚约鲁巴人的约鲁巴（Yoruba）神话体系中的神明奥里莎（Orisha）之一，尚戈（Shango），男性气质、火、雷电之神，手拿战斧，勇武非常。

贝[1]、马尔歇[2]、皮加费塔[3]！还有弗罗贝纽斯[4]！哎，您知道弗罗贝纽斯吗？让我们一起读读：

"文明深入他们的骨髓！野蛮黑人的概念不过是欧洲的发明创造。"[5]

小资产阶级不愿再听下去。扇一扇耳朵，他便把这种想法赶出脑袋。

这种想法，烦人的苍蝇。

---

1. 德尔贝（D'Elbée），指弗朗索瓦·德尔贝（François D'Elbée，1643—1709/1717），曾任海军军需总长官，1671年发表游记《海军军需总长官德尔贝先生在几内亚海岸诸岛游记》(*Journal du voyage du sieur Delbée, Commissaire général de la Marine, aux Isles dans la coste de Guynée*)。

2. 马尔歇（Marchais），生卒年不详。其游记后由让-巴蒂斯特·拉巴（Jean-Baptiste Labat，1663—1738。又称拉巴神甫，天主教多明我会传教士，曾赴法属安的列斯群岛传教，后发表多部游记，成为了解当时殖民社会的重要参考）整理出版，题为《德马尔歇骑士1725、1726与1727年在几内亚及其邻近岛屿与卡宴的游记》(*Voyage du chevalier Des Marchais en Guinée, isles voisines, et à Cayenne, fait en 1725, 1726 et 1727*)。

3. 皮加费塔（Pigafetta），指菲利波·皮加费塔（Filippo Pigafetta，1533—1604），意大利探险家、历史学家。本人没有去过刚果，但根据在刚果12年的葡萄牙商人杜阿尔特·洛佩斯（Duarte Lopes）的记述写成《刚果王国与周围地区》(*Le royaume de Congo & les contrées environnantes*) 一书，于1591年发表。

4. 弗罗贝纽斯（Frobénius），指列奥·维克多·弗罗贝纽斯（Leo Viktor Frobenius，1873—1938），德国民族志家、人类学家、考古学家，文化人类学德奥文化传播学派代表人物。1904—1935年间，曾12次赴非洲考察，足迹遍布非洲北部、东北部刚果、苏丹等地。弗罗贝纽斯明确提出非洲拥有自己的历史与文明，反对欧洲中心主义，反对非洲无历史的论调，极大启发了桑戈尔、塞泽尔等黑人性运动作家。其著作法译本《非洲文明史》(*Histoire de la civilisation africaine*) 对塞泽尔的思想与创作产生了深远的影响。

5. 此句引自法译本《非洲文明史》。

因此，同志，你的敌人——你高高在上、清醒又一以贯之的敌人——不仅是暴虐成性的总督与心狠手辣的长官，不仅是挥着鞭子的种植园主与流着口水的银行家，不仅是满嘴喷粪、数着钞票的政客与唯命是从的法官，还有与之相同且毫不逊色的，冒着胆汁尖酸刻薄的记者、喉咙肿胀塞满美元与蠢话的院士、形而上学的多贡式[1]民族学者、异想天开的比利时神学家，还有饶舌的知识分子，满身恶臭爬出尼采的大腿[2]，或是不知哪位七星[3]下凡的卡兰达尔苏丹之子[4]，还有父权主义者、热情拥

---

1. 多贡族（Dogon），西非一个本土部族，主要居住在今马里贡加拉邦悬崖（Falaise de Bandiagara）至尼日尔河西南处。多贡族发展出一套丰富的创世神话体系，与社会组织、日常生活衣食住行密切相连，有很高的象征性。法国人类学家马塞尔·格里奥尔（Marcel Griaule, 1898—1956）对多贡神话信仰等方面做了较为深入的研究，曾发表《多贡面具》(*Masques dogons*, Paris, Institut d'ethnologie, 1938)、《水神：采访奥戈泰姆利》(*Dieu d'eau: entretiens avec Ogotemmeli*, Paris, Éditions du Chêne, 1948) 等著作，对塞泽尔产生了一定影响。此处"多贡式"（dogonneux）一词为塞泽尔所造新词，取贬义含义，与上文"形而上学"相近，指脱离实际、抽象的思维。因此处用来修饰民族学家，故作者刻意选择了带有非洲色彩的词源。

2. 爬出尼采的大腿（sortis de la cuisse de Nietzche），化用自法语典故 se croire sorti de la cuisse de Jupiter，字面译为"自以为出自朱庇特的大腿"。根据希腊神话，酒神狄俄尼索斯为宙斯与凡人塞墨勒（Sémélé）所生。塞墨勒受赫拉蛊惑，要求宙斯现出神的真面目，却因无法承受随之出现的光芒而死。为保证狄俄尼索斯顺利出生，宙斯将其缝入大腿直至分娩。故而"自以为出自朱庇特的大腿"又有自觉出身高贵的意思。

3. 七星（Pléiade），天文学中即梅西叶星表中编号 M45 的七姐妹星团，昴星团。希腊神话中阿特拉斯（Atlas）的七个女儿。"七星"一词曾被多个文学团体、运动选为名称，其中最有名的是文艺复兴时期旨在完善、弘扬法兰西民族语言的"七星诗社"。七星因此也与文学结下了深厚的渊源。

4. 卡兰达尔苏丹之子（Calenders-fils-de-Roi），化用自《一千零一夜》(转下页)

抱者、腐败分子、拍背称赞者、异国情调爱好者、分裂分子、重农社会学者、催眠大师、吹牛大王、夸夸其谈者、想入非非者，总之，即是所有在维护西方资产阶级社会的龌龊分工中尽职尽责，千方百计、不择手段地试图分化进步力量——若不是彻底否认进步的可能性——的人，所有资本主义的走狗，所有四处劫掠的殖民主义或公开或害羞的支持者，一个个难辞其咎，一个个可憎可恨，一个个奴隶贩子，从此统统都将经受革命猛烈的攻击。

也请为我扫除一切故弄玄虚者、一切诡计发明家、一切招摇撞骗的江湖骗子、一切鬼话连篇的话术大师。不要试图弄清这些先生在个人层面上是心善还是心恶，在个人层面上是好意还是恶意，在个人层面上，也就是说就他们作为皮埃尔或保罗的私心而言，是赞同或反对殖民主义，问题的关键在于他们过分随机的主观善念相比于他们作为殖民主义看门狗干的脏活所造成的客观社会影响而言，根本无济于事。

所以根据这个思路，我列举一些例证（特意选取了截然不同学科的言论）：

——古鲁，他的书：《热带国家》[1]中，尽管不乏恰当观点，

---

（接上页）中《三个游方教士，王子及巴格达五个女人》(*Trois Calenders, fils de rois, et de cinq Dames de Bagdad*)。故事中的游方教士（僧人）自称王子。卡兰达尔（Calender），中国新疆清代史籍作"海兰达尔"，是伊斯兰教苏菲派的一个苦行僧的名字。

1. 古鲁（Gourou），指皮埃尔·古鲁（Pierre Gourou，1900—1999），法国地理学家，亚洲及非洲热带地理学专家，著有《热带国家：人文经济地理学原理》(*Les pays tropicaux. Principes d'une géographie humaine et économique*, Paris, PUF, 1947)一书。

根本立论仍然片面、难以接受，他认为从来没有伟大的热带文明，所有伟大的文明都诞生于温带地区，而无论哪个热带国家，文明的萌芽都来自且只来自热带以外的地区，压在热带国家头顶的重负，若不是种族主义者的生物学诅咒，至少，且后果完全相同，是效力不亚于前者的地理学诅咒。

——尊敬的唐普尔神甫[1]，传教士和比利时人，他软弱而有害的班图哲学，如其所愿，发现得倒恰到好处，一如另一些人发现了印度教，正好能与"共产主义唯物主义"相抗衡，因为后者似乎有将黑人变为"道德流浪汉"的危险。

——文明的历史学家或小说家（两者是一回事），不单是某一个，而是全体或几乎全体，他们的假意客观、他们的沙文主义、他们遮遮掩掩的种族主义、他们钟情于否认非白人种族，尤其是黑人种族任何成就的不良爱好，他们执着于垄断所有荣耀、唯我独尊的偏执。

——心理学家、社会学家等，他们的"原始主义"观点，他们预设方向的调查，他们利益相关的概括，他们倾向明显的思辨，他们对非白色人种边缘特质、"例外"特征的坚持、他们目的先行的否定，哪怕与此同时这诸位先生中的每一个，为了高高在上地批判原始思想的缺陷，都自称是最坚定的理性主义者，他们野蛮地否定了笛卡儿的话、否定了普世主义的宪

---

1. 尊敬的唐普尔神甫（R.P. Tempels），指普拉西德·唐普尔（Placide Tempels，1906—1977），比利时方济各会传教士，1933年至1950年间在比利时属刚果传教。1945年其著作《班图哲学》(*Philosophie bantoue*)法语版发表，成为最早的非洲哲学研究作品之一。

章："理性……在每个人身上都是不折不扣的"而"同属的各个个体只是所具有的偶性可以或多或少，它们的形式或本性并不能多点少点"。[1]

不过还是让我们放慢脚步。这些先生很值得我们拿出几位来慢慢品读。

我不打算就历史学家的情形展开讨论，无论是殖民史学家，还是埃及学家，前者的问题过于明显，至于后者，他们的谎言机制已经为谢赫·安塔·迪奥普[2]在他的《黑人国家与文化》中彻底拆穿——这是迄今为止黑人写就的最大胆的著作，必将在非洲的觉醒中占据一席之地[3]。

---

1. 译文摘自笛卡儿著《谈谈方法》，王太庆译，北京：商务印书馆，2000年，第4页。
2. 谢赫·安塔·迪奥普（Cheikh Anta Diop, 1923—1986），塞内加尔历史学家、民族志学家，撰写殖民前非洲历史的先驱，其著作中的许多观点，尤其是关于埃及文明与非洲黑人文明之间关系的思考，一经发表就引起巨大反响，并至今依然是极具争议性的话题。
3. 参看：谢赫·安塔·迪奥普著《黑人国家与文化》，非洲存在出版社，1955年。既然希罗多德已说明埃及人最初不过是埃塞俄比亚人的一个殖民地；既然西西里的狄奥多罗斯（Diodore de Sicile，公元前1世纪古希腊历史学家，著有《历史丛书》[ *Bibliotheca historica* ] 四十卷）再次重申同样的观点，并且更进一步，给出了关于埃塞俄比亚人毋庸置疑的忠实画像（*Plerique omnes* ——此处引用拉丁文译文—— *nigro sunt colore, facie sima, crispis capilis*，第三册，第8段 ["都有黑色的皮肤、扁平的鼻子和鬈曲的头发"中文翻译摘自狄奥多罗斯《希腊史纲》，席代岳译，北京：文化发展出版社，2019年，第200页]），首要任务便是如何反驳。确认了这一点，几乎所有西方学者都有意识地树立了以下目标，即将埃及从非洲手中夺走，虽然无法给出合理的解释，但他们依然有不少达到目的的方法：古斯塔夫·勒庞（Gustave le Bon, 1841—1931，社会心理学家，著有《乌合之众：群体心理研究》[ *Psychologie des foules*，1895 ]（转下页）

不过我们还是退后几步。正正好就退到古鲁先生这里。

还需要我说明这位杰出学者是以何等高傲的态度指点本土人民，说他们在现代科学的发展中"毫无贡献"？而他期待热带国家去拥抱欢迎的，不是这些人民自己的努力，不是他们的解放斗争，不是他们为生活、自由与文化切实的战斗，而是好

---

（接上页）一书，被认为是群体心理学的重要著作。勒庞本人研究涉猎广泛，早年发表过多部人类学、考古学作品，研究成果也引发了一定争议）的法子，粗暴无耻地断定："埃及人是含米特人（19世纪欧洲广为流传的人种学概念，得名于《创世记》第五章挪亚的次子含，含米特人即含的子孙），换言之即是同吕底亚人（Lydiens，吕底亚系公元前14世纪至公元前6世纪间存在的小亚细亚中西部古国，位于今土耳其西北部）、盖图里人（Gétules，罗马人对居住在北非南部的多个柏柏尔人部落的称呼）、摩尔人、努米底亚人（Numides，努米底亚王国系公元前3世纪至公元前1世纪北非柏柏尔古国，位于今阿尔及利亚东北部地区）、柏柏尔人一样的白人"；马斯佩罗（Maspero，指加斯东·马斯佩罗［Gaston Maspero, 1846—1916］，法国埃及学家，曾任开罗埃及博物馆馆长）的办法则是置事实于不顾，坚持将埃及语归入闪语族，更具体则是希伯来阿拉米语（hébraeoaraméen，《圣经·旧约》后期书写所用语言，属于闪米特语族），并由此得出，埃及人只可能源于闪米特人；韦戈尔（Weigall，指阿瑟·韦戈尔［Arthur Weigall, 1880—1934］，英国埃及学家），地理学家的方法，他认为埃及文明只可能诞生于下埃及，且它是从那里沿河而上，传至上埃及的……因为它不可能沿河而下（原文如此——原注）。我们不难猜到这之所以不可能的神秘缘由便在于下埃及更靠近地中海，故而更靠近白人的族群，而上埃及则更靠近黑人的国家。

在这个问题上，为了反驳韦戈尔的论点，重申施魏因富特（《在非洲的中心》［*Au cœur de l'Afrique*］，第一卷——原注；Scheinfurth［原文如此］，指格奥尔格·奥古斯特·施魏因富特［Georg August Schweinfurth, 1836—1925］，德国植物学家、民族志学家，19世纪70—90年代曾多次赴非洲考察）的观点不无裨益，他认为埃及动植物的发源地就在"河流上游数百米处"。——原注，括号中为译者加注。

的殖民者；毕竟白纸黑字的法则说"正是在热带以外地区孕育的文化元素确保并将继续确保热带地区不断发展，拥有更充沛的人口与更高等的文明"。

我说过古鲁先生的书中也存在一些合理的观点：在总结殖民行为时，他写道"热带地区与本土社会一度遭受了引入不合适的技术、徭役、搬运、强迫劳动、奴隶制、劳工从一个地区向另一个地区的迁移、生物环境的骤然改变、特殊而不利的新环境所带来的冲击"。

好一份光荣榜！想想读到这段话时校长的表情！部长的表情！我们的古鲁松了口；这下好了；他要和盘托出了；他开始道："典型的热带国家发现自己身处以下困境：要么是经济滞涨与本地人的保全，要么是经济的短暂发展与本地人的倒退。""古鲁先生，这话很严重！我郑重警告您这么冒险是在拿自己的事业做赌注。"于是我们的古鲁从善如流而没有进一步说明，如果这种两难确实存在，它也只存在于现行的体制框架中；如果这种二律背反确实是铁律，那么它也是殖民资本主义的铁律，因此，只属于一个不仅会灭亡且已经走上灭亡之路的社会。

不纯粹的地理学，何其世俗！

若论何人能与之相媲美，那便是尊敬的唐普尔神甫。无论他们在刚果劫掠、折磨，无论比利时殖民者夺取一切财富，扼杀一切自由，粉碎一切骄傲——便让他心平气和地去做吧，尊敬的唐普尔神甫对此毫无异议。但是，小心了！您要去刚果？学会尊重，我说的不是尊重当地人的财产所有权（比利时大型公司可能会觉得这是砸进他们花园里的石头[1]），我说的不是本地人的自由（比利时殖民者可能会从中看出颠覆性的言论），我说的也不是刚果人民的祖国（比利时政府很可能对此大为恼火），我说的是：您要去刚果，尊重班图人的哲学！

"这种做法绝对称得上离奇，"尊敬的唐普尔神甫写道，"如果白人教育家执着于杀死黑人身上独特的人类精神特质，这唯一一个阻止我们将他们视为劣等生物的事实！如果殖民者除去原始种族身上可贵的、他们传统思想中构成其真实内核的部分，那将不啻于一桩反人类的罪行。"

何其慷慨，我的神甫！又多么热诚！

然而，须知班图思想本质上是本体论的思想；而班图本体论是建立在生命之力与其等级体系货真价实的本质观念之上的；且对于班图人而言规定世界的本体论秩序来自神[2]，而神谕，是必须遵从的……

妙不可言！人人都是赢家：大型公司、殖民者、政府，当然了，除了班图人。

班图思想是本体论的思想，班图人只要求本体论意义上的满足。合理的薪酬！舒适的住房！食物！这些班图人是纯粹的精神生物，我和您说："他们首先且尤其渴望的，不是经济或物质条件的改善，而是白人对他们为人的尊严，以及对他们丰

---

1. 此处化用法语短语"lancer/jeter une pierre dans le jardin de…"，字面意思为"向某人花园里扔石头"，指批评、反对某人。
2. 很明显这里我们批判的并非班图哲学本身，而是某些人，出于政治目的，对这种哲学的利用。——原注

富人性价值的认可和尊重。"

总之，对着班图的精神之力抬一抬帽，向着班图的永生灵魂瞥一瞥眼。于是您的账就清了！承认吧这买卖实在划算！

至于对政府，又有什么可抱怨的呢？毕竟，尊敬的唐普尔神甫带着显而易见的满足补充道，"班图人看待我们，我们这些白人的方式，且这一点，从第一次接触时便如此，以他们可能的视角，以他们班图哲学的观点来看"，"他们已将我们纳入他们的生命—力体系中，一个很高的等级。"

换言之，您明白在班图生命力等级体系的顶端，站着白人，尤其是比利时人，尤其是阿尔贝或者利奥波德[1]，于是阴谋就此得逞。我们见证了这样一个奇迹：班图人的神成为比利时殖民秩序的守护者，而任何班图人要是胆敢插手反抗便是在亵渎神明。

至于马诺尼[2]先生的论调，他关于马达加斯加人灵魂的思考和著述值得我们将他作为重点研究对象。

不妨一步步跟随作者看看他这些花花戏法里都有怎样的把戏与诡计，而他会明白如天日地向你表明殖民行为是建立在心

---

1. 比利时国王名，阿尔贝（Albert），或指阿尔贝一世（Albert I，1875—1934），比利时第三位国王，1909—1934年间在位。利奥波德（Léopold），或指利奥波德二世（Leopold II，1835—1909），1865—1909年间在位，在非洲建立所谓刚果自由邦，抢占刚果大片土地为其个人领地，并在当地实行强迫劳动、剥削、屠杀等残酷殖民统治。
2. 马诺尼（Mannoni），指奥克塔夫·马诺尼（Octave Mannoni，1899—1989），法国精神分析学家，曾赴非洲地区，并在马达加斯加度过近二十年时间，1950年发表著作《殖民心理学》(La Psychologie de la colonisation)。

理学之上的；这世上有些族群，莫名其妙，就染上了某种应该被称为依赖情结的心理，这些族群在心理上天生就要依附；他们需要依靠，他们希求、要求、渴求依靠；而这正是大部分被殖民民族的情况，马达加斯加人尤甚。

让种族主义见鬼去吧！让殖民主义见鬼去吧！它们听来太过野蛮了。马诺尼先生有更好的说法：精神分析。再装点上些许存在主义，结果是惊人的：被穿断鞋跟的老生常谈换了新底重又焕然一新；最为荒谬的偏见也变得合理合法；神乎其技，尿泡也变成了灯笼[1]。

不过还是听听他怎么说：

"西方人命中注定要服从以下命令：你要离开你的父亲和母亲。这种必然对马达加斯加人来说是不可理喻的。任何欧洲人，在成长的某个时刻，都会感到心中想要……斩断依赖关系的渴望，与他的父亲相匹敌的渴望。马达加斯加人，从来不会！他不懂什么是与父权抗争，所谓'男性反抗'、阿德勒[2]的自卑理论，这是欧洲人必须跨越的挑战，就好像文明形式的……获得男子气概的成人仪式……"

用词之精妙，术语之新颖，可别把您吓住！这陈词滥调您并不陌生："黑—人—都—是—大—孩—子。"他们把这话给

---

1. 此处化用法语俗语"prendre des vessies pour des lanternes"，字面翻译为"将膀胱错当灯笼"，指严重混淆、弄错某事，犯了巨大错误。
2. 阿尔弗雷德·阿德勒（Alfred Adler，1870—1937），奥地利精神分析学家，个体心理学代表人物，其理论认为"自卑感"是驱动人向上意志的基本原始动力之一。

您拿来，套上衣服，戴上些花言巧语。结果，就是马诺尼的话。我再重申一次，您尽管放宽心！一开始，这是会有些难以接受，不过最终，您会发现，您又找回了熟悉的论调。样样不少，甚至是大名鼎鼎的白人的负担。所以，您听："通过这些挑战（西方人限定），他们战胜了儿时被抛弃的恐惧，获得了自由与独立，这是西方人至高的财富，也是他们沉重的负担。"

那马达加斯加人呢？您会问。奴隶和骗子的种族，吉卜林[1]会说。马诺尼先生诊断道："马达加斯加人甚至根本不会想象这种被抛弃的情形……他既不渴望个人的独立，也不要求自由的责任。"（您应该很熟悉啦，看看吧。这些黑人甚至无法想象什么是自由。他们并不渴望自由，也不要求自由。是那些好事的白人把这个概念塞进了他们的脑袋。就算真的给了他们自由，他们也不知拿它如何是好。）

如果有人提醒马诺尼先生，自被法国占领以来，马达加斯加人曾经数度反抗，哪怕直到最近，1947年，也依然如此，忠于前言的马诺尼先生，会向您解释说这些不过是纯粹的神经质行为，一种集体疯癫，一种嗜杀成性的举动；况且，在这种情况下，马达加斯加人想要夺取的也不是实际利益，而是一种"想象的安全感"，这显然意味着他们所控诉的压迫也不过是种想象的压迫。毫无疑问、无比荒谬的想象的产物，甚至可以称得上是令人发指的忘恩负义行径，就像斐济人的典型案例，船

---

[1] 吉卜林（Kipling），指约瑟夫·鲁德亚德·吉卜林（Joseph Rudyard Kipling, 1865—1936），英国作家、诗人，1907年诺贝尔文学奖得主。

长治好了他的伤口,他却烧掉了船长的晒场。

如果您批判殖民主义加剧了最为爱好和平人民的绝望,马诺尼先生会向您解释说,归根结底,该负责的,"不是白人殖民者",而是被殖民的马达加斯加人。见鬼!是他们把白人当神明,还指望他们做神才能做到的事!

如果您觉得针对马达加斯加神经症的疗法有些过于粗暴,知道一切答案的马诺尼先生则会向您证明,那些所谓臭名昭著的暴行其实都被大大夸大了,我们听到的全然是虚构……是神经症的幻觉,而那些酷刑也是"想象的行刑者"实施的想象的酷刑。至于法国政府,它的表现尤为克制,因为它只不过是逮捕了那些马达加斯加代表,而若是遵循健康的心理学法则,它本应把他们都"献祭"了。

我丝毫没有夸张。这便是马诺尼先生的原话:"遵循十分经典的道路,这些马达加斯加人将他们的圣人变作殉道者,救星化作替罪羊;他们希望用自己神明的血去洗刷他们想象的罪孽。他们准备好,哪怕以这种代价,不如说'正是以这种代价',再次反转自己的姿态。这种依赖心理的一个表征似乎是,既然没有人能同时拥有两个主人,就必须将其中一个献祭给另外一个。塔那那利佛[1]最不稳定的那部分殖民主义者隐约理解了这种牺牲心理的本质,于是他们要求他们的牺牲者。他们将高级专员公署团团围住,保证说,只要向他们奉上几个无

---

1. 塔那那利佛(Tananarive),马达加斯加城市,今马达加斯加共和国首都。

辜者的鲜血，'所有人都会心满意足'。这种态度，人道主义层面虽是可耻的，实则建立在对高原[1]人口所经历的情感混乱这种整体而言相当合理的统觉之上。"

话说到这一步，离宽恕嗜血的殖民主义者，显然不过一步之遥了。马诺尼先生的"心理学"，恰同古鲁先生的地理学或唐普尔神甫的传教士神学一样，一般"无私"、一般"自由"！

而所有这一切中惊人的统一性，便在于资产阶级锲而不舍地试图将最为人性的问题化作无害而空洞的概念：马诺尼口中的依赖情结"概念"、唐普尔神甫口中的本体论"概念"、古鲁口中的"热带性"概念。可东方汇理银行又如何呢？还有马达加斯加银行[2]？还有鞭刑？赋税？马达加斯加人或越南农民的那抔米？还有那些受难者？那些冤死的人？还有堆在你们保险箱里染血的钞票，先生们？统统蒸发了！隐身了、消融了，混入苍白繁复的理论国度，再无可辨别。

可对这些先生而言还有一种不幸。那就是资产阶级的辨识力对这等诡计愈发抗拒起来，于是他们的主子也不得不远离他们，转而推崇那些不那么精妙、更加粗暴的人。恰恰是这一点给了伊夫·弗洛雷纳[3]先生机会。而事实上，我们也可以

---

1. 高原（Hauts plateaux），指马达加斯加岛中部的中央高原地区。
2. 马达加斯加银行（Banque de Madagascar），1929年成立的银行，向时为法国殖民地的马达加斯加发行货币。
3. 伊夫·弗洛雷纳（Yves Florenne, 1918—1992），小说家、剧作家、文学批评家，与《世界报》有40多年的合作关系，在其上发表了数百本书的书评。

在《世界报》的托盘上看见，他提供的排列考究的小建议。不存在任何意外。一切可靠、高效，所有经验都切实而富有说服力，这也是一种种族主义，一种法式种族主义，虽然声势尚弱，但前景广阔。且听：

"我们的读者……（一位有胆量反驳暴躁的弗洛雷纳先生的女老师）望着她的学生，两位年轻的混血女孩儿，感到越来越多的人融入了我们的法国大家庭，心里生出一股自豪感……她还会不会有同样的感受，如果反过来她看到法国融入了黑人家庭（或是黄人、红人，无关紧要），也就是稀释其中，消失不见？"

很明显，对伊夫·弗洛雷纳先生而言，铸就法国的是它的血统，这个国家的基石完全是生物性的："它的人民、它的精神，历经千年，已经形成了一种生机勃勃的微妙平衡……这种平衡几次被打破的危急时刻正是法国近三十年来大规模吸纳外来血统，且通常是贸然让其涌入的时刻。"

总之，混血，才是敌人。再没有社会危机！再没有经济危机！从此只剩下种族的危机！当然啦，人道主义丝毫不会失去它的效力（我们可是在西方），但我们要明白：

"法国获得普世性的途径，不是将自己的血统与精神消融于人类共性，而是保持自身。"

这就是希特勒倒台五年后，法国资本主义得出的结论！也正是这一点构成了历史给予它的惩罚：它不得不，就像被恶德驱使般回到这里，重新咀嚼希特勒的呕吐物。

因为归根结底，伊夫·弗洛雷纳先生所做的依然是雕琢田园小说、"大地上的悲剧"、种种邪恶目光[1]的故事，可与此同时，另有一只比某个降下厄运[2]的乡下主人公邪恶数倍的眼睛，希特勒宣告道：

"人民-国家的至高目的是保存本种族的独特特质，它们通过传播文化，创造一种更高等人类的美与尊严。"

这种相似性，伊夫·弗洛雷纳先生是知道的。

而他毫不在意。

很好。这是他的权利。

正如我们也有权愤慨一样。

因为终究，一个人必须明确立场、一次性把话挑明，事实是日复一日，资产阶级注定会愈发气急败坏、愈发凶相毕露、愈发寡廉鲜耻、愈发简单粗暴；事实是铁一般的法则告诉我们任何腐朽衰败的阶级都会沦为历史各色污流浊水的汇聚地；事实是普世的法则告诉我们任何阶级，在消失之前，都会首先彻底、全面地名誉扫地，脑子埋进粪堆，垂死的社会就这样唱出它们天鹅的挽歌。

---

1. 邪恶目光（mauvais œil），又作邪眼、恶目，指他人因憎恨嫉妒的恶毒目光，传说会带来厄运。
2. 降下厄运（jettatura），源自意大利语，写作 iettatore 或 jettatore，指降下厄运的人。戈蒂耶 1856 年曾发表过一篇同名短篇小说。

事实上，档案是沉重的。

一头残暴的野兽，受本能的生命力驱使，溅洒鲜血、散播死亡，在我们的记忆中，资本主义社会的历史形象，在进步的思想与精神面前，一贯表现为这种凶残的原型。

此后这头野兽气血不足了；它的毛发变得稀疏，它的皮毛失去光泽，但这份凶残留了下来，理所当然同施虐的癖好混在一起。希特勒背了罪。罗森堡背了罪。荣格等人，背了罪。党卫军也背了罪。

可读读这句话：

"这个世界的每一种东西都渗出罪恶：报纸、墙壁以及人脸。"[1]

说这话的是波德莱尔，而希特勒还没出生！

这证明了罪恶其实早已有之。

还有伊西多尔·杜卡斯，洛特雷阿蒙伯爵[2]！

这一话题上，是时候澄清围绕《马尔多罗之歌》营造出的丑闻氛围了。

猎奇？文学陨石？病态想象的癫狂？得了吧！这些词用来真趁手！

---

1. 出自波德莱尔《我心赤裸》，译文摘自《我心赤裸：波德莱尔散文随笔集》，肖聿译，北京：中国广播电视出版社，2000 年，第 257 页。
2. 伊西多尔·杜卡斯（Isidore Ducasse，1846—1870），生于乌拉圭，后全家移民法国，诗人，以洛特雷阿蒙伯爵（Comte de Lautréamont）之名著有诗作《马尔多罗之歌》。生前所发表作品均默默无闻，后为超现实主义运动重新发掘，奉为经典。其作品离经叛道，风格夸张、扭曲、暴力，至今仍是法国文学作品中非常独特的一部。

事实是洛特雷阿蒙只需眼对眼直视资本主义社会铸造的铁人，就能捕捉到这个"怪物"，这个日常的怪物，他的主人公。

没人会否认巴尔扎克的真实性。

但注意了：让伏脱冷[1]去热带国家转一圈回来，给他大天使的翅膀与疟疾的摆子，在巴黎的人行道上，让他身边跟上乌拉圭吸血鬼与哥伦比亚红头毒蚁[2]的卫队，那么您得到的就是马尔多罗。

布景不一，但总是同一个世界，总是同一个人，冷酷、强硬、果断、独一无二的"他人血肉"的爱好者。

在我的补充说明中再做个补充说明，我相信终有一天，当我们集齐所有要素，找出所有文献来源，弄清所有创作背景，我们也可以用唯物主义与历史的观点解读《马尔多罗之歌》，展现出这部癫狂史诗中完全不为人知的一面，即它是对一种非常确切的社会形态的无情揭露，正如这种形态无法逃脱1865年那双最锐利的双眼。

在此之前，当然，还必须扫去路上干扰视听的神秘主义与形而上学论调；重新赋予某些被忽略的章节它们应有的重要性——比如，所有段落中尤为奇特的虱矿片段[3]，我们不多不少只应从中读出对黄金与财富邪恶力量的揭露；恢复精彩的公共

---

1. 伏脱冷（Vautrin），巴尔扎克《人间喜剧》中的典型人物形象，清醒、狠厉的资产阶级野心家。
2. 红头毒蚁（fourmis tambochas），一种行军蚁，在哥伦比亚被称为tambocha。
3. 出自洛特雷阿蒙：《马尔多罗之歌》，第二支歌，第9节。译文参见车槿山译，成都：四川文艺出版社，2018年，第61页。

马车片段[1]它真正的地位,并且承认我们可以从中直白地看出,一幅几近写实的社会画,特权阶级惬意坐着,不愿彼此挤挤给后来者腾出位置,而——顺带一提——是谁接纳了被狠狠抛下的孩子呢?人民!在这里,他被表现为一名拾荒者。波德莱尔的拾荒者:

> 毫不理会那些密探,他的臣民,
> 直把心曲化作宏图倒个干净。
> 他发出誓言,口授卓越的法律,
> 把坏蛋们打翻;把受害者扶起。[2]

所以,难道不是吗,我们明白了洛特雷阿蒙树为"敌人"的敌人,那个吃人洗脑的"造物主",那个"端坐在人粪和黄金制造的御座上的"[3]施虐狂,那个伪善者,那个放荡者,那个"吃别人的面包"[4]、时常被人发现"像一只夜间咀嚼了三桶血的

---

1. 出自洛特雷阿蒙:《马尔多罗之歌》,第二支歌,第4节。译文参见前引版本,第43—45页。
2. 出自波德莱尔:《醉酒的拾破烂者》(«Le vin des chiffonniers»),载《恶之花》(Les Fleurs du mal),译文摘自波德莱尔:《恶之花》,郭宏安译,北京:商务印书馆,2018年,第205页。标点与分段照原文有所修改。
3. 出自洛特雷阿蒙:《马尔多罗之歌》,第二支歌,第8节。译文摘自前引版本:"我没有发现我寻找的东西,于是就更高、更高地抬起我惶恐的眼皮,终于看到一个由人粪和黄金制造的御座,那个自封的造物主端坐在上面,心怀愚蠢的骄傲,身披用医院中未洗的床单做成的裹尸布。"(第55页)。
4. 出自洛特雷阿蒙:《马尔多罗之歌》,第三支歌,第4节。译文摘自前引版本:"干活去,懒汉,不要吃别人的面包。"(第100页)。

臭虫"[1]一样醉死的懒汉，我们明白了这个造物者，不应在云层之后去寻他的存在，我们更有可能在戴福塞的年鉴[2]或是某个闲适的董事会里找到他！

不过我们不要纠结于此。

卫道士们对此无能为力。

资产阶级，作为阶级，已经必然——无论它是否愿意——要为历史所有的野蛮行径负责，无论中世纪的酷刑还是异端审判，无论以国家利益为借口还是穷兵黩武，无论种族歧视还是奴隶制度，总之，即当资产阶级，作为进攻的阶级，仍然代表人类进步力量时，曾经反抗过的且以振聋发聩的词句反抗过的一切。

卫道士们对此无能为力。遵循一种逐步非人化的法则，从今往后，资产阶级的议事日程上，就只剩下，如今也只能剩下暴力、腐败与野蛮。

我差点忘了还有仇恨、谎言、自负。

我差点忘了还有罗歇·凯卢瓦先生[3]。

---

1. 出自洛特雷阿蒙：《马尔多罗之歌》，第三支歌，第4节。译文摘自前引版本："他醉了！酩酊大醉！醉得像一只夜间咀嚼了三桶血的臭虫！他用断断续续的话语填满回声，我不想在此重复这些话；虽然至高无上的醉鬼不自重，但我应该尊重人类。"（第100页）。
2. 戴福塞年鉴（l'annuaire Desfossés），指《戴福塞行情报》（*Cote Desfossés*）发行的年鉴。《戴福塞行情报》是一份有关经济、股市行情的日报，以其所有者法国证券经纪人、银行家、投资人、艺术收藏家维克多·安托万·戴福塞（Victor Antoine Desfossés，1835—1899）命名。1992年与法国《论坛报》（*La Tribune*）合并。
3. 参见：罗歇·凯卢瓦：《颠倒的幻想》（«Illusions à rebours»），载《新法兰西评论》（*La Nouvelle revue française*），1955年12月与1月。——原注。（转下页）

然而，被永恒赋予了教导一个懦弱散漫的世纪思想之严谨与风格之雅致的重任，这位凯卢瓦先生刚刚发了大火。

动机？

西方民族志学家的巨大背叛，近来，他们可悲地扭曲了自身的责任感，竟致力于动摇西方文明对异国文明全面的优越性。

所以，凯卢瓦先生入场了。

欧洲的美德就在于最危急的时刻总会有救世主的英雄主义兴起。

如果这都没让我们想起马西斯先生未免太不应该，1927年前后，他也曾为了捍卫西方而出征[1]。

我们希望等待凯卢瓦先生的是更好的命运，他为了同样的神圣事业，将手中之笔化作锋利的托莱多短刀[2]。

---

（接上页）罗歇·凯卢瓦（Roger Caillois，1913—1978），法国社会学家、作家、文学批评家，博尔赫斯的译者，法兰西学术院院士。1948年进入联合国教科文组织任职。1952年，联合国教科文组织在反对种族歧视的框架下，出版了系列丛书《现代科学面前的种族问题》(*La question raciale devant la science moderne*)，旨在呈现当下种族问题的现状，其中包括克洛德·列维-斯特劳斯（Claude Lévi-Strauss）发表的《种族与历史》(*Race et histoire*)。凯卢瓦觉得这部作品是对西方文明的不公正评价，遂与列维-斯特劳斯展开论战，发表了《颠倒的幻想》一文。

1. 马西斯（Massis），指亨利·马西斯（Henri Massis，1886—1970），法国极右翼天主教民族主义者，文学史学家、文学批评家，法兰西学术院院士，撰文批判安德烈·纪德、罗曼·罗兰等作家，反对左派社会主义思想，反对外来思想、文化入侵，曾于1927年前后发表《捍卫西方》(*Défense de l'Occident*，Paris，Éditions Plon）一书。
2. 托莱多（Tolède），西班牙历史古城，以制作剑与匕首的技艺闻名。（转下页）

马西斯先生怎么说的？他哀叹"西方文明，简言之就是人的文明"今时今日受到了威胁；有人正不遗余力全方位地"唤起我们的忧虑，动摇我们文化的既有地位，质疑我们获得的成就之本"，而马西斯先生立誓要向这些"毁灭的预言家"开战。

凯卢瓦先生指明敌人的方式并无二致。他们是些"欧洲知识分子"，出于"极端强烈的失望与怨恨"，五十多年来，愤然致力于"否认他们文化的种种理想"，并因此，"尤其在欧洲，使一种顽固的不适感挥之不去"。

凯卢瓦先生想要终结的，正是这种不适、这份不安[1]。

---

（接上页）1085年雷昂国王阿方索六世（Alphonse VI de Léon）率军收复托莱多，是基督教收复失地运动（La Reconquista）中的重要事件。

1. 值得注意的是，就在凯卢瓦先生展开他的十字军征伐时，一本政府支持的比利时殖民杂志（《欧洲-非洲》[Europe-Afrique]，第6期，1955年1月），也同时向民族志发起了完全相同的攻击："从前，殖民者本质上将他与被殖民者的关系构想为文明人与野蛮人的关系。殖民行为因此也就建立在一种等级关系之上，虽然难免粗糙，但确是有力且明确的。"

文章的作者，某位皮龙先生（M. Piron），对民族志的批判，正在于它摧毁了这种等级关系。一如凯卢瓦先生，他将米歇尔·雷里斯（Michel Leiris, 1901—1990，法国人类学家、作家、文学批评家。1931年受马塞尔·格里奥尔邀请参加达喀尔-吉布提考察团，归来后，将个人见闻结集成册，发表了《非洲幽灵》[L'Afrique fantôme]一书。1951年联合国教科文组织出版关于种族问题现状的系列丛书《现代科学面前的种族问题》中，亦包含他所写的《种族与文明》[Race et civilisation]一册。在文章开头，他引用孔子阐述其核心思想："性相近、习相远"）和列维-斯特劳斯视为罪魁祸首。对前者，他指责他在《现代科学面前的种族问题》丛书中自己的一册里，写下了："将文化分为三六九等是幼稚的行为。"至于后者，他则批评他对"伪进化论"的攻击，因为列维-斯特劳斯认为这种理论（转下页）

而实际情况是,从来没有,自英国维多利亚时期至今,从来没有人面对历史时良心能如此平静而不带一丝疑云。

它的理论?优势在于简单。

是西方人发明了科学。只有西方人懂得思考。在西方世界的边境之外便是原始思想不见天日的国度,那里,一切都在互渗观念的统治之下,无法进行逻辑思考,可谓伪思想的典型。

这点上我们大吃一惊。我们向凯卢瓦先生抗议,列维-布留尔[1]提出的著名互渗律,列维-布留尔本人也已否决了;在晚年,他已经当着世界的面宣告自己不应"试图总结出作为逻辑方式的原始思维的独有特点";相反,他早已确信"就逻辑层面而言,这些头脑与我们并无二致……因此,并不会比我们更

---

(接上页)"试图抹除不同文化间的多样性,将之视作同一发展过程中的不同阶段,从同一点出发,因而也应该汇聚到同一个终点"。米尔恰·伊利亚德(Mircea Eliade, 1907—1986, 罗马尼亚著名宗教史学家、神话学家,代表作有《永恒回归的神话》[*Le Mythe de l'éternel retour*, 1949])等则得到了特别关注,因为他胆敢写出下面这句话:"现在,欧洲人面前,有的不再是土著人,而是对话者。懂得如何发起对话是有益的;必须承认原始世界(加引号的——原注)或落后社会(同上——原注)与现代西方之间并不存在线性发展的解决方式。"

最后,难得一回,作者也批判了哥伦比亚大学教授奥托·克兰伯格(Otto Klineberg, 1899—1992, 美国社会心理学家,专注种族关系、跨文化关系研究,代表作有《种族差异》[*Race Differences*, 1935]、《社会心理学》[*Social Psychology*, 1940]等)美式思想的过度平均主义,因为克兰伯格肯定道:"认为其他文化低于我们的文化是个严重错误,它们只是不同而已。"

毫无疑问,凯卢瓦先生绝不缺好战友。——原注,括号中为译者加注。
1. 吕西安·列维-布留尔(Lucien Lévy-Bruhl, 1857—1939),法国社会学家、民族志学家、哲学家,以对原始思想的研究而闻名。他认为原始思想有与逻辑思维相对的原逻辑思维方式,以集体表象为基础,以神秘互渗为规律。

能接受形式矛盾……故而，同我们一样，也会出于某种思维反射拒绝一切逻辑不通的事物"。[1]

白费功夫！凯卢瓦先生认为这一纠正全不作数。对凯卢瓦先生而言，只有认为原始人思维错乱的列维-布留尔才是真正的列维-布留尔。

当然了，还是有些微小的事实负隅顽抗。比如算术与几何是由埃及人发明的。而天文学是由亚述人发现的。化学诞生于阿拉伯人之手。而理性主义在伊斯兰教萌发时，西欧的思想面貌还是彻底的前逻辑状态。但这些不恰当的细节，凯卢瓦先生不消片刻便给打发了，原则已经确立"一个无法进入整体的发现"不过是细节，换言之完全可被忽略，不值一提。

可想而知，如此走上一条康庄大道的凯卢瓦先生绝不会半路停下。

拿下科学之后，现在他又来要求道德了。

想一想吧！凯卢瓦先生可从没吃过什么人！凯卢瓦先生可从没想过结束一个残疾人的性命！凯卢瓦先生的脑袋里，可从没冒出过提前结束他老父母生命的念头！好了，这便是了，这便是西方人的优越所在："这种人生准则要求尽可能让人的尊严得到尊重，而不至于将消灭老弱病残视作平常。"

结论无可辩驳：在食人、把人剁成肉酱以及致残行为对面，欧洲、西方人代表的是对人类尊严的尊重。

但我们还是赶紧继续，千万别让我们的思想飘到阿尔及利

---

1. 《吕西安·列维-布留尔笔记》(*Les Carnets de Lucien Lévy-Bruhl*)，法兰西大学出版社（Presses Universitaires de France），1949 年。——原注。

亚、摩洛哥，还有其他地方，在那里，就在我写作的这一刻，无数英勇的西方之子，正在半阴半明的牢房里不遗余力、无微不至地向他们孱弱的非洲兄弟表现出尊重人类尊严的真正标志，用技术术语称呼，便叫作"浸浴缸""过电""塞瓶颈"。

抓紧继续：凯卢瓦先生的光荣榜还没列完。在科学的优越性与道德的优越性之后，轮到宗教信仰的优越性了。

这一点上，凯卢瓦先生可没有被东方虚幻的华彩所欺骗。亚洲，或许是诸神之母。无论如何，欧洲，才是深谙宗教之礼的大师。请您看看这个神迹：一边是欧洲以外地区，伏都教式的庆典，其中全然只有"滑稽的化装舞会、集体狂热、袒胸露乳的酗酒、对无知狂热的庸俗释放"，而另一边——欧洲这边，则是夏多布里昂早已在《基督教真谛》中赞颂过的那些真正的价值："天主教的教义与神秘，它的礼拜仪式，它雕塑中的象征含蕴及其素歌的荣光"。

最后，满足感的终极来源。

戈平瑙[1]曾说："这世上只有白人的史学。"轮到凯卢瓦先生，他则指出："这世上只有白人的民族志。"只能是西方人对其他人做民族志研究，而不是其他人对西方人做民族志研究。

令人欣喜若狂的有力理由，可不是吗？

---

1. 戈平瑙（Gobineau），指阿蒂尔·德·戈平瑙（Arthur de Gobineau，1816—1882），法国外交家、作家、政治家，因发表《论人种的不平等》(*Essai sur l'inégalité des races humaines*, 1853)一书而闻名，其关于人种间的不平等与雅利安人的优越性的观点是种族主义的重要理论，后成为德国纳粹主义的理论来源之一。

而没有哪怕一分钟时间，凯卢瓦先生的脑海里曾经想过，总的来说，更好的情况是，这些他夸夸其谈的博物馆本就无需存在；欧洲尽可容许它四周有活生生的、蓬勃且繁荣、完整而无缺的外欧洲文明；更好的做法是让它们自我发展、自我完善，而不是在我们面前摆出供人欣赏、彻底肢解了的，它们七零八落、死气沉沉的肢体；毕竟，博物馆就其本身而言毫无意义；它不说明什么，也不能说明什么，当那里只有张狂的自满瞎人眼目，对他者暗地的鄙夷干涸心灵，那里，无论承认与否，种族主义都扼杀了同情；博物馆，若是只以取悦自尊为目的，便毫无意义；归根结底，圣路易[1]朴实的同代人，与伊斯兰教战斗却尊重它的人，远比瞟了几眼民族志文献皮毛、鄙视伊斯兰教的我们的同代人更有可能"了解"这个宗教本身。

不，在知识的天平上，全世界所有博物馆的重量都比不上一点人类同情的火光。

这一切的结论呢？

我们还是公平些吧；凯卢瓦先生是克制的。

在全方位建立起西方的优越性之后；在如此重塑健康又珍贵的等级体系之后，凯卢瓦先生立刻给出了这种优越性的直观证明，他总结说不应去消灭任何人。有了他，黑人肯定不会被处以私刑，犹太人也不会被添进新火堆。只不过，注意了；关键在于必须认识到黑人、犹太人、澳大利亚人所享受的这份宽

---

1. 圣路易（Saint Louis），指路易九世（Louis IX，1214—1270），法兰西卡佩王朝第 11 任国王，1226—1270 年在位。在位期间发动第 7 次、第 8 次十字军东征，1297 年被天主教追封为圣徒。

容，并非源于他们各自的成就，而要归功于凯卢瓦先生的宽宏大量，并非源自科学的必然规律，毕竟科学给出的只是一时的真理，而要归功于凯卢瓦先生良心的裁判，这才是绝对的；这份宽容不受任何限制、没有任何保障，它唯一的限制与保障便是凯卢瓦先生赋予自身的职责。

或许有朝一日科学会下令从人类的道路上扫去这些由落后文化与落后民族构成的重负与累赘，但我们坚信在那致命的一刻，凯卢瓦先生的良心，他本就良好且会立刻变得更优的良心，会去阻止杀戮的臂膀，发出安好[1]的问候。

于是我们得到了如下耐人寻味的评论：

"对我而言，不同人种、民族或文化间的平等问题毫无意义，除非它所指的是一种权利上的平等，而不是事实的平等。正如一个盲人、残疾人、病人、白痴、文盲、穷人（我们找不到更温和的方式来对待非西方人了），在物质意义上，无法分别与一个强大、有远见、健全、健壮、聪明、博学或富有的人相匹敌。后者拥有更大的能力且这种能力赋予他们的不是更多的权利，只有更多的义务……同理，当今社会，无论出于生物还是历史的原因，不同文化之间也存在等级、实力与价值上的差别。它们造成了一种事实上的不平等。它们全然无法证明一

---

[1] "安好"原文为拉丁文 Salvus sis，直译为"安好、平安"，是问候用语。莫里哀在他创作的闹剧《小丑吃醋记》(*La Jalousie du Barbouillé*) 中曾经使用过，李健吾先生在其译文中将之翻译为"健康"（参见莫里哀：《李健吾译文集第五卷：莫里哀喜剧全集·卷一》，李建吾译，上海：上海译文出版社，2019年，第51页）。

种权利上的、偏向所谓高等民族的不平等，那是种族主义的诉求。它们反而给予后者更多的重担与更大的责任。"

更大的责任？能是什么责任，若非领导世界的重任？

更多的重担？能是什么重量，若非世界的重担？

于是凯卢瓦-阿特拉斯博爱地矗立于尘土，用他强壮的肩膀重新担起白人必然的负担。

原谅我花了这么多笔墨来说凯卢瓦先生。不是因为我多少高估了他"哲学"中的某种内在价值（人们不难判断这种思想的严重性，它一方面要求思维的严谨，另一方面却如此欣然地让位于偏见，如此欢快地在陈词滥调里上下扑腾），而是因为它值得被指出，因为它极具代表性。

表明什么？

表明西方远不能，哪怕在它最字斟句酌的时刻，也远不能达到真正的人文主义，远不能践行真正的人文主义——即世界性的人文主义。

曾经由资产阶级发明并播向世界的种种价值观念之中,一种是"人"与人文主义——我们已经看到它现在沦落成什么样,另一种则是民族。

这是事实:"民族"是一种资产阶级现象……

可恰恰当我将目光由"人"转向"民族",我看到的是,这一点上,危害更为深远;殖民行为之于现代社会,与罗马帝国之于古代世界并无二致:它是"**灾难**"的酝酿者、"**殃祸**"的先行者:啊,什么?被屠戮的印第安人、被掏空的穆斯林世界、一个世纪以来饱受践踏与摧残的中国;被贬低的黑人世界;无数永远被抹去的声音;消散在风中的家庭;这一切毁灭,这一切掠夺,让人类族群被简化为一出独角戏,您以为这一切都没有代价?真相是,在这种政治里,**被写定的是欧洲自身的失败**,而欧洲,若再不警觉,便会因它在自己周遭造成的真空而消亡。

他们以为打倒的不过是印第安人、印度人、大洋洲原住民或非洲人。其实他们也一面又一面地推倒了能让欧洲文明在其中自由发展的城墙。

我知道将不同历史时期相对比可能导致怎样的错误,尤其是对我马上要做的对比而言。可是,请允许我在此誊写基内[1]的这段话,因为其中确实包含着不可辩驳的真理,值得深思。

所言如下:

"人们好奇野蛮为何会在古代文明[2]中突然出现。我认为自

---

1. 埃德加·基内(Edgar Quinet, 1803—1875),法国历史学家、诗人、政治家。
2. 古代文明(la civilisation antique),此语境中特指古希腊、古罗马文明。

己能给出答案。令人诧异的是这样一个简单的理由竟然没能引起所有人的注意。古代文明的体系是由若干民族、国度构成的，它们虽然看似互相敌对，甚至完全不知彼此，依然相互保护、相互支持，相互保全了对方。当不断扩张的罗马帝国开始征服、摧毁这些民族体时，被冲昏了头脑的诡辩家们自以为看到了，这条道路尽头，人类在罗马的最终胜利。他们大谈人类精神的统一；不过大梦一场。其实这些民族正是一道道守护着罗马的壁垒[1]……当罗马，在这条所谓走向唯一文明的凯旋之路上，一个又一个摧毁了，迦太基、埃及、希腊、犹大[2]、波斯、达基亚[3]、高卢人，它也就蛀空了保护它免于溺毙于人类汪洋的堤坝。宽宏的恺撒，在击溃高卢的同时，不过为日耳曼人敞开了道路。无数社会，无数消失的语言、城邦、权利，无数被摧毁的家园，都在罗马周围制造了真空，而于蛮族无法到达之处，野蛮自生其中。被击垮的高卢人成了巴高达军[4]。就这样一个个独特的城邦骤然陷落，逐个消亡，最终导致了古文明的毁灭。这些民族就如同一根根各不相同的大理石或斑石石柱支撑着整个社会的建构。

---

1. 壁垒（boulevard），boulevard 常用意为大道，但此处取其本意，指建构在城墙顶上的防御工事，更广义指代一切用来保护堡垒、城市的城防、围墙。
2. 犹大（Judée），《圣经》中记载的山地地区，位于今巴勒斯坦及以色列南部，后成为罗马行省犹地亚（Iudaea）。
3. 达基亚（Dacie），喀尔巴阡山脉与多瑙河地区的古国，大致位于今罗马尼亚、摩尔多瓦范围内。
4. 巴高达（Bagaudes），指 3 世纪至 5 世纪由失去土地的农民、奴隶、散兵、盗匪等组成的高卢反抗者，几度起义，反抗罗马帝国的统治。

"在当时聪明贤哲的掌声中,他们摧毁了每一根活生生的支柱,于是整座建筑轰然倒地,而我们这个时代的聪明人还在好奇一切如何能在片刻间如此分崩离析!"

所以,我要问:欧洲资产阶级的所作所为,又有何不同呢?它侵蚀一个又一个文明、摧毁一个又一个故乡,让种种民族化为灰烬,将"多样性的根源"连根拔起。再无堤坝。再无城垣。**蛮人**的时刻到来了。这是现代的**蛮人**。这是美国的时刻。残暴、无度、挥霍、唯利是图、谎话连篇、拉帮结派、愚蠢、低俗、无序。

1913年,佩奇[1]写给威尔逊[2]的信中说道:

"世界的未来属于我们。我们该如何去做,当不久之后,世界的统治权就将落入我们手中?"

1914年又说:"我们该如何对待英格兰和这个帝国,当不久之后,经济实力就会把种族的领导权交到我们手中?"

这个帝国……还有其他……

可事实是,君不见这诸位先生是如何堂而皇之的高举反殖民主义的大旗?

"帮助落后国家",杜鲁门[3]说。"老殖民主义的历史从此成

---

1. 佩奇(Page),指沃尔特·海因斯·佩奇(Walter Hines Page,1855—1918),美国记者、出版人、外交官,1913年被威尔逊政府任命为美国驻英大使。
2. 威尔逊(Wilson),指托马斯·伍德罗·威尔逊(Thomas Woodrow Wilson,1856—1924),1913—1921年间任美国第28任总统。
3. 杜鲁门(Truman),指哈里·S.杜鲁门(Harry S. Truman,1884—1972),1945—1953年间任美国第33任总统。任期内实行杜鲁门主义,通过马歇尔计划,对战后欧洲进行经济援助,遏制共产主义阵营发展。

为过去。"依然是杜鲁门所言。

言下之意是美国的金融巨鳄觉得由它来搜刮全世界殖民地的时刻来到了。所以，亲爱的朋友们，这一方面，务必小心！

我知道你们中有不少人，因着对欧洲、对你们身不由己见证的无比卑鄙之行径深恶痛绝，从而转向了——哦！有一小部分——转向了美国，并逐渐习惯于将之视为一种解放的可行途径。

"天赐良机！"他们想着。

"推土机！大规模投资！公路！港口！"

"可美国还有种族主义！"

"嗨！欧洲在殖民地的种族主义早就让我们免疫了！"

于是我们摩拳擦掌准备把赌注下在扬基这一头。

可，再一次，小心！

美国，唯一我们无法幸免于难的统治！我是说我们绝无可能安然无恙地从中脱身！

而既然你们提起工厂和工业，难道你们看不到，就在我们雨林与荆棘草原的正中央，正歇斯底里地吐出煤渣的，那绝妙的工厂，却是走狗的加工厂，那非凡的机械化，却是人的机械化，那种对我们饱经劫掠的人性尚且得以保全的，私密、完好、未被玷污的一切，极大的侵犯，机器，是的，闻所未闻的机器，却是倾轧、碾碎人民，愚民的机器！

所以危险是巨大的……

所以，如果西欧不在非洲、大洋洲，在马达加斯加，即南非的门户，在安的列斯群岛，即美国的门前，自发采取一种"多民族"的政策,一种建立在对其他人民和文化尊重基础上的政策,我该怎么说?如果欧洲不用电击抢救那些垂死的文化,或是激发全新的文化,如果它不让自己成为家园与文明的唤醒者,况且与此同时还有无数殖民地人民正在进行着可敬的反抗,就像时下越南的卓绝抗争,还有非洲民主联盟[1]的斗争所代表的,那么欧洲就将葬送它最后的"机会",并亲手,为自己拉下死亡阴影的巨幕。

简单来说,这意味着欧洲的救赎并不在于手段的革命;它在于"革命"本身;这场革命,将把非人化的资产阶级令人窒息的独裁换作——在无阶级社会还未到来之前——如今唯一能担起普世使命的阶级的主导,因为在这个阶级的血肉里承载着历史上的全部苦难,世界上的全部苦难:这便是无产阶级。

---

1. 非洲民主联盟(Rassemblement démocratique africain,简称 R.D.A.),1946 年由法属西非及赤道非洲殖民地政党联合成立的跨殖民地联盟,在非洲民族独立过程中发挥了重要作用。

# 海岛、树与火山(译后记)

该如何概括诗人、剧作家、政治领袖埃梅·塞泽尔？其实，这位"黑人精神运动"（Négritude）[1]的领袖不乏"响亮"的称呼：他是萨特口中的"黑色俄耳甫斯"，是布勒东所言"伟大的黑人诗人"，是昆德拉笔下马提尼克文学的奠基者。这些称呼，或专指塞泽尔个人，或泛指他那一代作家，从不同侧面揭示了塞泽尔的特质。但既然本书内容是塞泽尔的代表作，我还是选择了他作品中的三个意象来做标题：海岛、树与火山。

## 一、"三个灵魂的加勒比"

埃梅·塞泽尔出生在法国海外大省马提尼克岛——这座面积不过一千多平方公里的海岛却是塞泽尔文学创作的起点与底色。马提尼克位于加勒比海东部小安的列斯群岛中的向风群岛，这一连串岛屿就像挥动画笔洒下的水珠，在海面上画出一道弧线。对南北美洲之间的这片海域，塞泽尔在《还乡笔记》中称之为拥有"三个灵魂的加勒比"。这或许是对加勒比人独特灵魂观的借用——他们相信人的"灵魂"由三部分组成：与生命同生共亡、代表动物之灵或生命力的 anigi，存于头脑的非实体存在 iuani，还有两者之间与身体相应和的天体 afurugu[2]。不过，更重要的是，"三个灵魂"完美契合了三百

---

[1]. Négritude 可译为"黑人性""黑人精神"或"黑人传统文化"等，这里取"黑人精神"译法，在《还乡笔记》里译作"黑人性"。

[2]. 参见 Ruy Coelho, «Le concept de l'âme chez les Caraïbes noirs», *Journal de la Société des Américanistes*, 1952, n°1, p. 22。

多年来加勒比海地区形成的独特社会文化现实：它是欧、美、非三大洲文化融合的产物，是独特历史轨迹中逐渐形成的杂糅体。

自15世纪末哥伦布第一次登上美洲小岛，探险家与殖民者先后将欧洲文化带向"新大陆"。1635年9月，法国商人、探险家德斯南布克[1]宣告法兰西帝国对马提尼克的所有权，在岛上建起第一块法国殖民地。17世纪，甘蔗种植成为岛上的主要经济活动。这种典型的劳动密集型产业需要大量劳力，但本土印第安人早因驱赶杀戮近乎灭绝。黑奴贸易繁荣起来。大量来自西非、中非的黑人经由非洲西海岸被运往美洲。非洲文化也由此在马提尼克岛生根。至于美洲文化，它出现在海岛历史时间轴的两端。欧洲人到来之前，陆续有印第安人部落在岛上活动，主要是阿拉瓦克人（Arawak）[2]及加勒比人（Caraïbe, Caribe）[3]。他们自己没有留下任何文字记载，除了晚近考古发现，主要资料来源还是哥伦布等早期探险家和传教士的记述。阿拉瓦克人被描述为性格温和的定居族群，后来者加勒比人则

---

1. 德斯南布克（Pierre Belain d'Esnambuc, 1585—1636），法国探险家、商人、殖民者，活跃于加勒比海地区。一般认为是最早宣称法国对马提尼克岛所有权的人。法语中有flibustier一词，指17、18世纪驻扎于加勒比海地区谋取商业利益的海盗，德斯南布克即在此列。
2. 阿拉瓦克人（Arawak），指使用阿拉瓦克语的美洲印第安人。《加勒比海地区史》中所说泰诺人（Taino）被认为是隶属于阿拉瓦克人的一支。参见D. H. 菲格雷多、弗兰克·阿尔戈特-弗雷雷著，王卫东译：《加勒比海地区史》，北京：中国大百科全书出版社，2011年，第2—8页。
3. "加勒比"一词是欧洲殖民者对加勒比人的称呼，可能源自对这一族群自称卡利尼亚（Kali'na），或是阿拉瓦克语中对其称呼的转写。

更为勇猛，时常对阿拉瓦克人进行劫掠。他们"吃人"的名声成为西欧多语种中"食人"（法语 cannibale）一词的由来，也为欧洲人提供了征讨的理由。随着殖民扩张与征服，阿拉瓦克人完全灭绝，一小部分幸存的加勒比人逃往多米尼克岛。早期美洲印第安文化的脉络就此断裂，但另一种美洲文化却在人口混居中不断形成。这便是加勒比美洲灵魂的另一极，当这片土地成为世界各地、传统各异族群的新故乡，他们不可避免地将在生活实践中创造出全新的文化。

独特的历史造就了加勒比文化的流动特质。首先，它是较短历史时期内多种文化相互碰撞而成的产物，尚未经历漫长的文化融合，又因殖民历史与种植园经济带上鲜明的等级色彩，这就注定了文化间的互动充满冲突与抵抗。其次，它表现出极强的碎片化特征。美洲印第安文化自不用说，种植园里来自非洲各地、语言各异的黑人同样难以维系自身文化传统，他们保留下的只有记忆里语言、传说、习俗的残片。马提尼克作家、思想家爱德华·格里桑（Edouard Glissant）将这些碎片称为"痕迹"（trace）。他认为，这片土地上的任何一种文化都无法再找回那延绵不断的悠久根源，唯一可以追寻的只有它们残存记忆里的踪迹。最后，一批批新移民的到来进一步加剧了加勒比文化的不稳定性。19世纪中叶直至20世纪，随着奴隶制在法国彻底终结（1848年），印度与中国劳工被引入加勒比海地区，以填补劳动力空缺。如果说亚洲文化在当地并不如欧洲、非洲文化那般凸显，它们的存在依然是不可否认的。今日漫步马提尼克首府法兰西堡街头，不时便会遇上一家颇有规模的中餐厅或杂货店。

时至今日,对文化身份、文化认同的探寻依然是加勒比海地区文学创作的重要母题。20世纪70、80年代起,本土知识分子用"克里奥尔性"(créolité)一词来形容这种动态的、杂糅的、始终处于生成中的文化特征。加勒比的诸多灵魂如何共存?也许只有时间才能给出答案。

## 二、反抗者塞泽尔

了解了马提尼克岛的历史,才能明白塞泽尔的重要性。生于1913年、卒于2008年的塞泽尔是20世纪加勒比海地区历史的见证者、参与者、引领者,也是20世纪国际黑人运动的领路人。他正视非洲人几个世纪来的集体遭遇,反对种族歧视、殖民统治与文化同化政策,高声歌颂独特的黑非洲文明,让加勒比海长期被否认、被诋毁的非洲灵魂重新焕发出生机。塞泽尔是典型的介入作家,二战后更是直接投身政治,历任法兰西堡市长、法国国民议会马提尼克议员。文学创作贯穿了他的一生,依作家所言,既是他向内探寻自我的途径,也是他向外斗争的"神兵利器"(作者的第二部诗集即以《神奇的武器》[Les Armes miraculeuses]为题)。

埃梅·大卫·塞泽尔(Aimé David Césaire)1913年6月26日出生在马提尼克一个小公务员家庭,父亲在税务部门任职,母亲是一名裁缝,家中共有七个孩子。这样的家庭在岛上算得上精英,虽然没有经济优势,却为塞泽尔提供了稳定的教育环境。受父亲影响，塞泽尔自小热爱阅读。1931年，十八岁的塞泽尔因成绩优异靠奖学金到法国巴黎的高中就读——这是那一代殖民地知识分子共同的人生轨迹[1]。而正是这场物理与心理上的双重离乡，从此开启了作家一生的还乡之旅。

### 1. "黑人大学生"的巴黎岁月

某种角度来说，求学巴黎的塞泽尔和当下学生的"主业"并无不同：学习与备考是他的首要任务。首先是在路易大帝高中准备巴黎高等师范学院的入学考试，后来则是法国教师资格考试（是否通过说法不一）。

但20世纪初的巴黎也成为塞泽尔觉醒黑人种族意识、反思黑人境况的平台。他结识了许多从非洲、美洲前往巴黎留学的黑人青年，尤其是未来黑人精神运动的主要成员，即塞内加尔的列奥波德·赛达尔·桑戈尔（Léopold Sédar Senghor）与法属圭亚那的雷翁·贡特朗·达马斯（Léon Gontran Damas）。全新的友谊带来全新的知识：广袤的非洲大陆向他发出召唤。这一时期也是塞泽尔思想塑形的关键时期，在巴黎，他了解了美国"哈莱姆文艺复兴"运动（又称"新黑人运动"）的思想与诉求，意识到"黑人作家的作用是捍卫种族文化，唤醒种族意识，承担起种族的命运和充当种族的代言人。"[2] 他阅读

---

1. 参见 Romuald Fonkoua, «Aimé Césaire: La chair des mots, une conscience noire du XXe siècle», *Cahiers d'études africaines*, 2008, n°191, p. 2。
2. 引自张宏明：《黑人传统精神运动产生的历史氛围——论美洲黑人运动、思潮对黑人传统精神运动的影响》，载《西亚非洲》，1994年第3期，第50页。

了列奥·弗罗贝纽斯（Léo Frobenius）与莫里斯·德拉弗斯（Maurice Delafosse）等学者的人类学著作，明确了非洲绝非文明与历史的荒地。他学习了马克思主义反殖民、反种族主义的思想，认为对黑人的解放必须是种族与阶级、文化与社会的双重解放。可以说，通过欧洲与美洲，塞泽尔"发现了"非洲，"发现了"加勒比海黑人的文化归属。

1935年，塞泽尔与同学（包括他未来的妻子苏珊·露西[Suzanne Roussi]）共同主办了《黑人大学生报》（*L'Étudiant noir*），讨论法国文化同化政策、黑人文化认同与黑人学生奖学金发放等问题。这份月报1935年第3期一篇题为《种族意识与社会革命》(«Conscience raciale et révolution sociale»)的文章中，塞泽尔明确使用了"黑人精神"（Négritude）一词，一般被认为是该词最早一次在纸面上出现。

也是在这样的背景之下，1935年，他动笔尝试撰写一种全新的诗歌。四年后，《还乡笔记》初版在乔治·布勒松（Georges Pelorson）主办的《意志》（*Volontés*）杂志8月刊发表。这篇当时并未引起巨大轰动的长诗后来几经修改，成为塞泽尔最著名的代表作。

## 2. "热带"的两场相遇

1939年，塞泽尔夫妇回到马提尼克岛，在法兰西堡舍尔歇中学任教。二战中，维希政府派驻马提尼克的罗贝尔上将（Amiral Robert）采取高压态势，使得马提尼克的文化活动异常艰难。法国对马提尼克的补给被封锁，海岛陷入严重的经济危机。在物质与精神的双重匮乏中，塞泽尔夫妇与好友勒内·梅尼勒（René Ménil）共同创办了《热带》(Les Tropiques)杂志，旨在帮助马提尼克人"重拾并挖掘自身的文化遗产"[1]，强调本土文化的独创性，杂志主题涵盖加勒比海地区文化的非洲根源、种族主义问题、超现实主义诗歌以及来自美洲、古巴、海地的黑人作家创作等[2]。

塞泽尔在杂志上发表了多篇诗歌作品与论述文章，这份杂志也成为一场重要相遇的契机。1941年，法国超现实主义作家安德烈·布勒东逃离维希政府统治下的法国，在前往美国途中暂居法兰西堡。一次散步途中，他走进一家缝纫店为女儿挑选发带，偶然在商店橱窗里发现了近期出版的《热带》杂志。布勒东深为塞泽尔的诗歌所震撼，立刻通过缝纫店女主人认识了年轻的马提尼克诗人。

对塞泽尔而言，超现实主义与自己的诗学观点不谋而合，尤其为他提供了一种途径、一种方法："因为自动写作使人得以穿过事物表面，直达其内心深处。对我而言，超现实主义是彰显黑人性的皇家大道，因为它同时将我领向自由与黑人自身。我说的是超现实主义方法，而不是超现实主义体系。如此这般——当然这也是矛盾所在，我借由欧洲的技术，变成了一

---

1. Lilian Pestre de Almeida, *Aimé Césaire:* Cahier d'un retour au pays natal, Paris, l'Harmattan, 2008, p. 10.
2. 参见 Lilyan Kasteloot, *Comprendre le* Cahier d'un retour au pays natal *d'Aimé Césaire*, Paris, L'harmattan, 2008, p. 6。

个非洲人……"[1] 应该说，与布勒东的相遇并非导致了塞泽尔向超现实主义的"转向"，而是强化了他创作中本就存在的某种"超现实主义倾向"。20世纪40、50年代，作者陆续发表的三部诗集（1946年首次出版的《神奇的武器》、1948年的《断头之阳》[ Soleil cou coupé ]、1950年的《遗失之躯》[ Corps perdu ]），都有着鲜明的超现实主义色彩。当然，影响是双向的。超现实主义确实为塞泽尔提供了更广阔的舞台[2]，但布勒东所领导的超现实主义也在与塞泽尔的相遇中展现出全新的面貌。

40年代塞泽尔的另一场相遇，虽不及前者广为人知，却同样深刻地影响了作家的思想与创作——这便是与海地文化的相遇。二战期间，塞泽尔曾在海地度过六个月，并发表了一系列演讲，在海地知识分子中引起了极大共鸣。海地历史学家埃诺克·特鲁约（Henock Trouillot）回忆道："（在海地）人人都迫不及待想找来塞泽尔的作品阅读。《还乡笔记》被偶然发现实属幸事，这本书同另两期《热带》杂志一道被人们不断传阅。"[3]

---

1. Georges Desportes, «Aimé Césaire, tel qu'en lui-même et par lui-même», *Europe*, n°832—833, août-septembre 1988, p. 43.

2. 塞泽尔与布勒东，还有与布勒东同行的古巴艺术家维夫里多·拉姆（林飞龙 Wilfredo Lam）的相遇，极大"拓宽了这位马提尼克诗人的发表途径"。他的诗作刊登于不同杂志上，包括"纽约的超现实主义刊物《VVV》和《半球》(*Hémisphères*)……智利圣地亚哥的《主导旋律》(*Leitmotiv*)；布宜诺斯艾利斯的《法国文学》杂志；还有阿尔及尔的《泉》……" Kora Véron, «Césaire at the crossroads in Haiti: correspondence with Henri Seyrig», *Comparative Literature Studies*, 2013, n°3, Vol. 50, p. 430.

3. Henock Trouillot, «La présence d'Aimé Césaire en Haïti», dans Jacqueline Leiner, éd., *Soleil éclaté*, Tübingen, Gunter Narr Verlag, 1984, p. 405.

对塞泽尔而言，海地具有多重意义。它是塞泽尔心中的黑人"乌托邦"——不同于代表起源的非洲大陆，它是反抗的摇篮、独立的象征。正如塞泽尔自己在《还乡笔记》中所写，海地是"黑人性第一次站起来"的地方。黑奴出身、抗击英法军队的领袖杜桑·卢维杜尔（Toussaint Louverture）成为作家无数作品中反复出现的精神领袖。不仅如此，海地保留下来的丰富的非洲文化也成为塞泽尔重要的创作之源。"塞泽尔坦言……在那里（海地），他找到了非洲的遗存，那是未经非洲学学者晦涩文章转述的遗存。（海地）文化正不断再生出鲜活的实体（鼓乐、乌刚［Hougan］[1]和伏都教［le Vaudou］），它们植根于全新的空间中。他在海地发现了一种充满生机的文化，有繁荣的绘画创作，有团结全国、起到社会效用的克里奥尔语，还有一段历史。"[2] 这些发现将成为塞泽尔创作的一部分，也让他得以从另一个角度思考超现实主义：伏都教现实与梦境交织的"神奇"宇宙，让他看到了支持自己笔下壮阔想象的另一种文化源泉。

## 3. 政治舞台与舞台的政治

第二次世界大战结束，塞泽尔的人生与创作轨迹都发生了重大转变。1945 年，他在法国共产党支持下，当选法兰西堡市长、法国国民议会代表，由此步入政治舞台。对政治家塞泽

---

1. 乌刚（hougan），对伏都教男祭祀的称呼。
2. Lilian Pestre de Almeida, *Aimé Césaire: Une saison en Haïti*, Paris, Éditions Mémoire d'encrier, 2010, p. 16.

尔的评价颇具争议,最大争论点是1946年塞泽尔赞成马提尼克岛由殖民地转变为法国海外省,而非获得独立。反对者指责诗人表里不一。与他文学创作中决然的革命态度不同,作为政治家的塞泽尔显得模棱两可、立场不明。当然,塞泽尔一再强调成为海外省是现实情况下马提尼克岛做出的最佳选择,是当时岛上大多数居民的选择。但关于这一决策的争论直到今日都没有停止。1956年,塞泽尔与法国共产党决裂。他不满于法共内部存在的种族不平等问题,发表了著名文章《给莫里斯·多列士的一封信》[1],从此脱离法共,成立了马提尼克进步党。

也是在这一时期,塞泽尔将创作中心转向戏剧。1960年,他发表诗集《镣铐集》(*Ferrements*),随后便在诗歌领域保持了数十年的沉默。与之相对,20世纪50、60年代,他陆续发表了四部剧作:《而狗沉默》(*Et les chiens se taisaient*,1956)、《克里斯托夫王》(*La Tragédie du roi Christophe*,1963)、《刚果一季》(*Une saison au Congo*,1966)以及《暴风雨》(*Une tempête*,1969)。这其中,《而狗沉默》最特别,它最早是诗集《神奇的武器》的一部分,虽然作者在标题下注明这是"一出悲剧",体裁却相当模糊。作品几乎通篇都由独白组成,语言风格更贴近塞泽尔的诗歌而非散文,充斥着癫狂的话语与晦涩的图像。但《而狗沉默》却是塞泽尔所有剧作的"母本":它讲述了一个名为"反抗者"的奴隶与命运抗争、杀死主人、身陷囹

---

1. 莫里斯·多列士(Maurice Thorez)时任法国共产党总书记。

圄、迎来死亡的故事，构成了作家其后几部剧作的重要"模板"[1]。《克里斯托夫王》《刚果一季》与《暴风雨》被称作关于黑人命运的三部曲。它们讲述了三种不同历史背景下的黑人命运。《克里斯托夫王》以海地独立之初第一位黑人国王亨利一世的命运为蓝本，塑造了一个滑稽又伟大的黑人领袖。《刚果一季》讲述了刚果国父帕特里斯·卢蒙巴走向死亡的全过程。这是很大胆的选题，因为1966年离事件发生不过五年时间——足以见得塞泽尔戏剧与政治的密切联系。《暴风雨》是对莎士比亚剧作《暴风雨》的改写，以近似寓言的方式探讨了一座美洲岛屿的出路与未来。剧中角色卡利班和爱丽儿所代表的正是被殖民者在遭遇殖民者时所表现出的复杂而矛盾的心态。

塞泽尔的戏剧比诗歌表现出更直白的历史性与现实意义。或许对于陷入政治困境的塞泽尔来说，戏剧的政治才是他更熟悉的领域。文字的力量远胜于国民议会的彼此攻讦，塞泽尔希望通过戏剧讲述黑人历史，找到比诗歌更好的接触大众的途径："我开始创作戏剧，因为戏剧是让我诗歌中所有晦涩之处［……］变得明确的方法。［……］尤其对不识字的人来说，它是唤醒大众意识的最佳途径。"[2]

---

1. Chrisitian Lapoussinière, «Aimé Césaire, de l'engagement littéraire à l'engagement politique», dans Marc Cheylol et Philippe Ollé-Laprune, dir., *Aimé Césaire à l'œuvre*, Pairs, Éditions des archives contemporaines, 2010, p. 234.
2. Cité par Roger Toumson, «Aimé Césaire dramaturge: le théâtre comme nécessité», *Cahiers de l'Association internationale des études françaises*, 1994, n°4, p. 223.

## 4. 词与先贤祠

1982年，在诗坛沉寂多年的塞泽尔发表了生前最后一部诗集：《我，海藻……》(*Moi, laminaire...*)。历经岁月磨砺、政坛动荡，见证非洲国家的独立与困境，看到故乡马提尼克的现状，塞泽尔在诗集里反思一生，难免流露出困惑与迷茫。在开篇第一首诗里他写道：

大气压强或是历史的重压

将我的痛苦无限放大

哪怕它也让我的某些词语变得伟大[1]

法语中，"痛苦"（maux）与"词语"（mots）同音。这位不断用词语的武器抗击不公、大声疾呼的诗人，终其一生都在寻找走出个体与集体苦难的出路。在此意义上，这段诗可以被视为诗人对自己一生的总结。不过，这一切到底没有消磨掉塞泽尔始终如一的斗志与乐观，在诗集第一部分最后，他又重新找回了往昔高昂的笔调，高呼出"看向明天的力量"。

"我栖居在神圣的伤口之中"[2]，2008年4月17日，九十五岁的塞泽尔去世。4月20日，法国政府为他举行了国葬。他的遗体按本人意愿安葬在故乡马提尼克。三年后，法国政府在埋葬了雨果、大仲马与居里夫人的先贤祠里为塞泽尔设立了牌位。段首这句诗也被镌刻在纪念牌之上。这位战斗一生的反抗者虽已逝去，但他的文字与作品依然向未来的读者传递着塞泽尔那振聋发聩的声音。

---

1. Aimé Césaire, «Calendrier lagunaire», *La Poésie*, Paris, Seuil, 1994, p. 387.
2. «J'habite une blessure sacrée», 同上，第385页。

## 三、塞泽尔的创作思想

对于塞泽尔而言，写作是一场漫长的自我追寻。起先，是一位小岛青年打破闭塞的尝试，但很快这种探寻就超越了个人层面，成为对集体自我的反思与构建。塞泽尔在与其他黑人学生、作家、知识分子的相遇中意识到个体问题的共性。正如德勒兹和瓜塔里谈及"少数族文学"时所言："一切都是政治的。[……]每个个人事件都立刻与政治相连"[1]。

### 1."黑人精神"运动

"黑人精神"，是塞泽尔在探索过程中得出的最重要也最响亮的答案。事实上，只要谈及塞泽尔，"黑人精神"运动就是不可绕过的基石与出发点。这场发端于20世纪30年代的巴黎，60年代在非洲达到顶峰的文学、文化运动，反对种族歧视、殖民统治与文化同化政策，旨在歌颂黑色人种独特的历史文化特质，激发其自尊心与自豪感，强化黑人身份认同。

塞泽尔作为运动的三位主要倡导者之一，不仅创造了运动的名称 Négritude[2]，也奠定了其基本思想主张。首先，受泛非

---

1. Gilles Deleuze, Félix Guattari, *Kafka, pour une littérature mineure*, Paris, Les éditions de minuit, 1975, p. 30.
2. "桑戈尔说是塞泽尔创造了它（指 Négritude 一词——译者注），塞泽尔也没有反对。" Lilyan Kesteloot, *Histoire de la littérature négro-africaine*, Paris, Karthala, 2001, p. 105.

主义影响，他将非洲视为所有黑人共同的文化与精神故乡，强调无论身处非洲还是流散他乡，黑人文化都与非洲传统文化保留着千丝万缕的联系。其次，奴隶贸易与殖民扩张将欧洲主导的文化秩序强加于黑人，一方面贬低黑人传统文化价值，以种族主义观点将包括黑人在内的有色人种视为原始、野蛮的化身；另一方面，又通过文化同化政策强迫黑人内化这套价值体系，造成他们根深蒂固的自卑情结与迷茫。最后，为脱离这种现状，必须勇敢承认自己的黑人身份，找回本族文化的独特价值，打破对黑人群体的刻板印象。

当然，哪怕在其倡导者内部，对"黑人精神"的认识也未能完全达成统一。塞泽尔的思想是20世纪作为法属殖民地的马提尼克岛历史语境的产物，自然区别于桑戈尔所代表的非洲大陆语境。比之桑戈尔对"黑人精神"的理论化尝试，塞泽尔似乎极力避免抽象化。桑戈尔说，"黑人精神"是世界黑人文化价值的总和；塞泽尔却强调"黑人精神"的历史性："黑人精神就是简单承认作为黑人的事实，接受这个事实，接受我们作为黑人的命运、历史与文化"[1]。"作为黑人的事实"不仅意味着种族归属，还意味着这种身份在特定历史语境中可能的具体境况，包括它的"命运、历史"和这种历史所孕育的"文化"。这也是为什么1987年塞泽尔在美国迈阿密所做《论"黑人精神"》的演讲里会再次重复，黑人精神指向"一系列经验的总和，它们界定了一种由历史塑造的命定的人类形式，并决

---

[1]. Léopold Sédar Senghor, *Liberté 3, négritude et civilisation de l'universel*, Paris, Seuil, 1977, p. 269—270.

定了它的特征：它是人类境况的一种历史形态"。[1] 换言之，塞泽尔眼中的黑人精神不是先验而永恒的；它是既有历史经验积累的产物，也会为新的历史进程而塑造。《还乡笔记》里，诗人说："过去的黑人性逐渐消亡。"上文提及的迈阿密演讲中，塞泽尔按地域范畴将哈莱姆文艺复兴界定为一种"美洲的黑人性"[2]。黑人精神并非一成不变，也不四海皆同。它是复数的概念，总存在于具体的历史时空里，随时间不断演化，在空间中表现出多种形式。

## 2. 文化、文学与文字的三重反抗

在上述思想框架中理解塞泽尔的创作观，就不难看到作家的文学实践必然是介入的、政治的。我们不应被塞泽尔时而晦涩神秘的表达所迷惑，他的文学追求从来不局限于纯粹的美学领域。事实上，对塞泽尔而言，写作是一种反抗行为，它同时在以下三个层面展开行动，其最终目的——正如前文所说——便是实现"黑人精神"的追求。

文化层面的反抗是相当直白的。塞泽尔批判西方资本主义工业文明对黑人的剥削、批判殖民制度及其文化同化政策对黑人的异化，也尽情歌颂心目中理想的黑非洲文明。只需对他的创作主题稍加列举便一目了然：他揭露种植园里黑人奴隶遭受的种种私刑；讽刺甘愿抛弃自我、戴上白面具的"二等"黑

---

[1]. Aimé Césaire, *Discours sur le colonialisme, suivi de Discours sur la Négritude*, Paris, Présence africaine, 2004, (1955, 1$^{ère}$ éd), p. 81.
[2]. 同上，第88页。

人；呼唤祖先班巴拉人的勇气与精神……在此意义上，作品对作家——一如对读者——而言，首先成为了认知的过程，或更准确来说，是共同建立认识的过程。写作是一种目光、一种声音，它选择要看到什么、说出什么，并以此，向被强加于己身的沉默发出挑战。

与此同时，文学本身也是文化的组成部分。这就意味着问题不仅在于通过文学表达文化抵抗，还要在文学机制内部发起反抗。对塞泽尔而言，这尤其指向对文学传统的反抗，或者说是与文学传统的关系问题。经历三百多年殖民统治与文化同化政策，法国文化已成为马提尼克岛的主导文化——本土的印第安文化几乎消失，非洲黑人文化则只剩下残缺的碎片，而民间新兴的大众文化还有待梳理挖掘。一方面，对西方主流文化的拒斥让塞泽尔不愿像他之前的本土作家那样对法国文学经典亦步亦趋，而是转而在"离经叛道"者中寻找同盟。与超现实主义相遇之前，他的作品中就已经可以看出波德莱尔、兰波还有洛特雷阿蒙的风格。实际上，塞泽尔之所以能与超现实主义成为同路人，一个重要的原因就是后者同样站在了传统颠覆的立场上。另一方面，如何将关于本土文化、非洲文化的直接或间接经验融入文学表达，也成为亟待解决的问题。挑战是多方面的：首先是素材的匮乏，二十世纪初，关于非洲文明的讨论尚在"有无"阶段，遑论对其文学传统的继承？其次则是形式问题，那些口口相传的寓言、传说、史诗要以怎样的方式融入作品之中？最后还有语言层面的困难，比如极大启发了塞泽尔的美国哈莱姆文艺复兴运动是以英语进行的创作实践，这些英文成果又该如何进入法语创作语境之中？

　　故而，在文学层面之后，还存在着更深层也更微妙的反抗——对语言的反抗。矛盾之处在于：一方面，法语是当时塞泽尔唯一可能的创作语言[1]；另一方面，法语的既有表达显然不足以覆盖塞泽尔特殊的历史经验，更有甚者，作为理性中心主义话语的载体，它在一定程度上压抑着作者对真实自我的表达。但在语言问题上，塞泽尔并不认为自己是"法语的囚徒"——这与许多被殖民国家（地区）作家的态度截然不同。他以"扭曲法语"（*infléchir* le français）[2]为目的，要让"法语为黑人的才华服务"（plier le français au génie noir）[3]。应该说，塞泽尔首先是从创作者的立场出发构想这一计划的。或许在他眼中，词不达意是所有作家的共同挑战，而黑人境况突出了问题的严重性。作为诗人，他赞同马拉美指出的语言的任意性，认为诗歌创作应该成为"重塑语言"（refaire la langue）的途径。正因如此，他才会在诗作中极力打破语法规则、句法结构，并不断革新词的含义。塞泽尔对语言的反抗背后，其实是他对语

---

1. 塞泽尔不懂任何非洲语言，他虽然会说马提尼克本土的克里奥尔语，但认为这种语言尚在发展，甚至不确定"（类似《热带》杂志）这样的作品是否能用克里奥尔语完成"。«Entretien avec Aimé Césaire par Jacqueline Leiner», *Tropiques (1941—1945)*, Paris, Éditions Jean-Michel Place, 1978, p. X—XI.

2. «Entretien avec Aimé Césaire par Jacqueline Leiner», *Tropiques (1941—1945)*, *Op. cit.*, p. XIV.

3. Propos recueillis par François Beloux, «Aimé Césaire: un poète politique» [En ligne], *Magazine littéraire*, 1969, n°34. https://www.madinin-art.net/un-poete-politique-aime-cesaire/, consulté le 20 novembre 2022.

言生成之力量的肯定:"于是我说 / 于是我的话便是和平 / 于是我说于是我的话便是土地"[1]。

## 3. 差异性与新主体的生成

总结塞泽尔的书写策略,我们发现它是通过肯定差异性来构建文化主体的尝试。"黑人精神"(Négritude)一词,从构词上看,由法语中对黑人的蔑称 Nègre 与表示状态、性质的词尾 -itude 组合而成。它夺来法语中明显贬义的称呼,承认这种称呼背后的差异性,通过推翻评判差异性的价值体系,将一个蔑称变为自豪的身份象征。文学创作在这个过程中起到了两个作用:它是凝练差异性特点与表征并赋予其价值的途径,也是差异性本身的证明。可以说,塞泽尔等人为表现黑人面貌与非洲文明而创作出的作品,反过来又成为印证黑人独特文化的依据。

以今日之目光回顾"黑人精神"运动的遗产,弊端显而易见。它建立在当时的人种观念基础上,客观上也没有打破黑人与白人、欧洲与非洲的二元对立,甚至无意间"强化了既有的刻板印象"[2]。萨特在为《黑人和马达加斯加法语新诗选》所做的序言里,将这个过程称为"反种族主义的种族主义"[3],

---

1. Aimé Césaire, *Les armes miraculeuses*, Paris, Gallimard, 1970, p. 19.
2. 施雪莹:《"黑人性"运动的文学思考》,载《当代外国文学》,2018 年第 1 期,第 84 页。
3. Jean-Paul Sartre, «Orphée noir», Préface à l'*Anthologie de la nouvelle poésie nègre et malgache de langue française*, éd. Léopold Sédar Senghor, Paris, Éditions des PUF, 1948, p. XIV.

认为它是超越人种区别之前一个必然被超越的否定阶段。"黑人精神"运动经历20世纪60年代的高峰后走向沉寂，似乎也印证了这一点。但与之相对的是，塞泽尔的书写策略在马提尼克后来几代作家那里得到了继承。无论"安的列斯性"（Antillanité）还是"克里奥尔性"（Créolité）的提出，依然是在新的差异要素基础上生成新的文化主体，并将文学创作作为构建特殊性、实现主体意识觉醒、寻找自我的途径。

更重要的是，半个多世纪以来，塞泽尔本人的文学作品依然表现出旺盛的生命力，不断在新的文本网络里延续着生命。事实是，其作品融汇欧洲、非洲、美洲文学传统的独特风格、天马行空的想象与扣人心弦的节奏，已经成为现代非洲法语文学、加勒比海地区法语文学的经典之作（我们也看到这两种文学在源头上的关联性）。在此意义上，它确实促进了一种全新文化主体的诞生——正是在对其作品的回应中，后来者将之作为新的起点，开始各自全新的旅途。

## 四、关于《还乡笔记》

关于塞泽尔创作《还乡笔记》的契机，有一个广为流传的故事：1935年，因备考巴黎高师精疲力尽的学生塞泽尔应同学——未来的语言学家——佩塔尔·古贝里纳（Petar Guberina）邀请，与他一同前往其故乡克罗地亚达尔马提亚地区度暑假。达尔马提亚的海滨风景让久别故乡的塞泽尔泛起思乡之情。一天早晨，塞泽尔在海面上看到一座小岛。出于好奇,他问起岛的名字,随后得知小岛名为马尔丁斯卡(Martinská)[1]。语言的巧合令他惊呼:"翻成法语,这不就是马提尼克吗?意思是圣马丁之岛[2]。"于是他面对着马尔丁斯卡的景色,写下了《还乡笔记》最初的句子。

诞生于旅途,也诉说旅途。整首长诗讲述的是一场漫长的回归:充满歧途、险阻与挑战,也展现出人的决心、智慧与勇气。它带有很强的自传色彩,忠实记录了年轻诗人打破殖民文化枷锁、积极介入身份构建的探索历程。但正如法语题名 *Cahier d'un retour au pays natal*(直译为"一次还乡之旅的笔记")所示,它不是业已完成的旅行,只是千万次回归之一,不知是否到达了故乡,甚至连故乡到底在何处都还有待确定。《还乡笔记》是不确定的诗,是探索的歌,是随文字展开的旅行,它因而展现出独特的魅力。

文本之外,旅途同样存在。《还乡笔记》是与作者共同生长的作品。自1939年首次发表,它在二十年时间里不断被修改。评论主要关注的版本就有四个:除了1939年刊登在 *Volontés* 杂志上的初版外,还有1947年1月布伦塔诺出版社(Brentano's)首次单独成册的法、英双语版(译者是莱昂内尔·阿贝尔[Lionel Abel]与伊凡·哥尔[Yvan Goll])、同年3月在博尔达(Bordas)出版社面世的法语版,以及1956年在非洲存在(Présence africaine)出版社的所谓"最终版"。出

---

1. 其中 ská 为表示形容词性的后缀。
2. 关于马提尼克岛名起源的一种说法是哥伦布发现岛屿的日子为"圣马丁"日,故而以此命名。

版时间经常造成版本相似性上的误解。实际上，1947年的两个版本大相径庭，布伦塔诺版的撰写工作实际完成于1942—1943年间，是因为英文翻译问题才迟迟没有问世；1945—1946年间塞泽尔对自己的作品进行了较大修改，所以1947年3月的博尔达版无论结构还是内容上都与布伦塔诺版相去甚远。1956年的最终版又有了新的增减——不过所谓最终版也并非就此定稿。详细分析各版本间的异同超出了本文体量[1]，但粗略来看，依然可以关注到以下两个现象：其一是塞泽尔的诗学观点在作品中不断明确。1942年起，他将发表于《热带》杂志第五期、献给布勒东的诗作《代作文学宣言》(« En guise de manifeste littéraire »)融入《还乡笔记》。无论形式还是内容上，这首诗都是癫狂对理性的彻底反击，它贡献了塞泽尔研究中反复被引为作者创作纲领的名句："因为我们恨你们，你们和你们的理性"。正是在这篇宣言中，塞泽尔毫无保留地赞颂语言的力量，也进一步彰显自己恣肆喷薄的文风。其二则是诗歌中的政治诉求愈发明显，尤其是在1956年版本中：这与塞泽尔战后走上政坛的选择是一致的。1955年，他刚刚完成了《论殖民主义》的再版工作，《还乡笔记》的新版本自然也与之相呼应。

由此可见，塞泽尔对《还乡笔记》的修改融入了他不同时

---

1. 关于这个问题，可参考 Pierre Laforgue, «Le *Cahier d'un retour au pays natal* de 1939 à 1947 (de l'édition *Volontés* à l'édition Bordas): études de génétique césairienne», *Études françaises*, 2012, n°1, p. 131—179. 以及 Lilian Pestre de Almeida, *Aimé Césaire:* Cahier d'un retour au pays natal, Paris, L'Harmattan, 2008, p. 220。

期、不同阶段的思考。这或许也说明了为什么尽管《还乡笔记》是作家最早的作品,却依然包含了他往后数十年诗歌创作的主要主题(尽管有些主题仍在萌芽阶段),集中体现了塞泽尔诗歌创作的典型风格。

## 1. 一次奥德赛:《还乡笔记》的创作主题

尽管经历增减调整,《还乡笔记》依然保留了1939年初版的基本框架。它始于抒情主体从故乡马提尼克踏上旅途,终于航船之上抒情主体的新一次启航,唯一改变的是过程中"我"所走过的道路:它随着不断改写愈发曲折也愈发丰富,逐渐划出了漫长的轨迹。

诗歌开头,诗人以冷峻的笔调向我们展示了"清晨尽头"一座低矮沉闷海岛的全景图。塞泽尔打破了19、20世纪欧洲游记与异国风情文学里马提尼克岛"人间天堂"的典型形象。这个年轻人看到的是经济困窘、精神麻木的人民,还有只知模仿辞藻华丽的法语诗而对真相视而不见的知识分子。这样的环境——尽管也不乏温馨的场面,让他觉得压抑窒息,让他渴望变化、呼唤革新。

于是,抒情主体心潮澎湃高呼"出发"。他要走出逼仄的岛屿,去更广阔的世界丈量自己。诗歌中段讲述的是"我"一次次痛苦的尝试:它在"回归"与"失败"的两极中不断摇摆前进。这其中关键的回归有两重。首先是个体层面向真实自我的回归。虽然抒情主体心怀壮志,启程时便直言要做"所有无以言说的苦痛的口"、"做所有深陷绝望囹圄的声音之自由",

但他审视世界的目光未能同样审视自我。转变发生在诗中"有轨电车"的著名诗节。这个为评论津津乐道的段落巧妙借助空间关系与互文实现了一场封闭时空内的视角转换，实现了"我"从"旁观者"向"参与者"乃至"引领者"的改变。历代版本中，这个情节都处在整首长诗的中间位置，更凸显了这一转变的重要性。

夜晚一节有轨电车车厢里，"我"看到对面坐着一个贫苦局促的黑人，他"又丑又可笑"，而"我"身后几个女人正瞧着他发笑——于是"我"也露出了"默契的灿烂笑容"。如果我们试着区分这个场景里的故事时间与文本时间（即叙事时间），会发现故事时间里不过一瞬的事件（"我"看见坐在对面的黑人）在文本时间里被延长，并得以展现其空间结构。故事时间里，"我"的目光同时投向被凝视的黑人与嘲笑者；但在叙事时间里，作为叙事者的"我"将目光转向作为凝视者的自己。这种转变通过重复三次的短语"又丑又可笑"（comique et laid）得到具象化。它化用波德莱尔诗作《信天翁》（«Albatros»）中的诗句"naguère si beau, qu'il est comique et laid!"（"往日何其健美，而今丑陋可笑！"）。《信天翁》描写了天空中善于飞翔的鸟儿落上甲板后如何变得笨拙、任人耻笑。诗人以信天翁自比，慨叹自己不被理解而困顿的处境。某种程度而言，塞泽尔笔下的"有轨电车车厢"就是另一道"甲板"。"又丑又可笑"第一次出现时完全小写，可以被看作故事时间里"我"对面前黑人无意识的评价。但很快，同一个短语在新的诗行里以全大写形式出现：此时作为叙述者的"我"意识到了自己的评价行为，意识到在故事时间里，自己与嘲笑者怀着同样的凝视立场，自认与面前的黑人不同。因而，当下一行诗里，大写的"又丑又可笑"第三次出现，其陈述主体不再只是故事时间里的"我"，同样也是作为叙述者的"我"。对于后者，短语形容的对象也不再是对面的黑人，而恢复了波德莱尔诗句中自指之用。场景核心由"我"与黑人的关系转向了"我"与自我："我"从对这个场景的回述中发现了自己的异化。接下来诗句中"默契的灿烂笑容"也带上了双重含义，既是当时之"我"与嘲笑者的共谋，又是现在之"我"对自我的自嘲：我由此直面自己的卑微与软弱。

与个体回归几乎同时发生的是集体层面向着真实历史的回归，二者遵循相同的逻辑：摆脱虚假的荣耀，直面哪怕最不堪的现实。就在"有轨电车"诗节之前，诗人以独特的方式界定了黑人族群与非洲历史的关系。他刻意否定了黑人族群与非洲古老王国的联系，却不断重申黑奴贸易的历史。我们必须在当时的语境里理解这种设计的用意。塞泽尔面对的事实是，一方面，非洲文明，尤其是非洲黑人文明本身不断遭到否认，黑人也被视为"未开化的野兽"；另一方面，马提尼克岛乃至加勒比海地区的黑人与有色人种在殖民文化熏陶下不再认同非洲文化，不愿承认自己是黑奴的后代。对诗人来说，挑战是双重的，他想要证明非洲灿烂的文明，却不希望黑人族群陷入"幼稚的臆想"，忽视现实的苦难。正因如此，他不厌其烦地列举辉煌的古代城邦，事实上肯定了非洲的文化遗产，却又与之划清界限，反而宣告"我们从来是蹩脚的洗碗工，无足轻重的擦鞋匠","创下唯一毫无争议的纪录就是对鞭打的忍耐"。应该说,黑奴贸易史是塞泽尔找回与非洲大陆联系的重要锚点。对他而言,这是造成美洲黑人与非洲文化传统割裂的原初性事件,也是造成现今美洲黑人精神与物质现实的原初性创伤。只有承认这段过往,而不是摆脱它,才能构建起完整的集体认同。加勒比海地区法语文学的后续发展印证了塞泽尔的判断,黑奴船意象成为一代代加勒比海地区作家构建文化身份认同时不可绕过的意象。爱德华·格里桑以黑奴船为原型,在《关系的诗学》(*Poétique de la Relation*)中提出"开放的小舟"(la Barque ouverte)概念;帕特里克·夏穆瓦佐(Patrick Chamoiseau)同样认为,黑奴船构成了一个"源头空间"、一种"记忆之场",成为加勒比海地区真正的起源。

《还乡笔记》中回归的过程是一个不断向下、不断接纳的过程。而在这场下落的最低处,全然接受了自己的软弱,全然接受了集体的苦难,抒情个体和他所属的族群接纳了自己的独特性,也因此发现了其中被忽视的价值与力量。诗人于是一转语调,大声歌颂起"既未发明火药也未发明指南针""从未懂得驯服蒸汽或是电力""没有探索大海或者天空"之人。这种认识的转变与"黑人精神"运动的整体策略如出一辙。

《还乡笔记》是没有终点的诗:它结束于一场全新的旅行。抒情主体与黑人族群融为一体,与故乡融为一体。现在,"卷曲成环的群岛"变成了"独一无二的美丽航船",搁浅的故乡重新扬帆起航。而这一次,被迫踏上旅途的黑人也走出货仓,"站在船舵前""站在星空下",成为真正的领航者。由此,长诗为我们讲述了与哥伦布探险相对的另一种旅行：它是一个被迫流浪的族群最终找回自我，重新出发的旅途。

## 2. 火山之诗：《还乡笔记》的创作风格

怎样的文字才能承载这篇恢弘的现代史诗？塞泽尔说，他的诗歌是"佩莱山式的"：1902年5月8日，马提尼克岛活火山佩莱山（Mont Pelée）突然爆发，将原先的经济文化中心圣皮埃尔市彻底摧毁，超过三万人，即全岛五分之一人口在这场灾难中丧生。一次访谈中，塞泽尔对瓜德罗普作家达尼埃尔·马克西曼（Daniel Maximin）说："我们都是火山之子。这一点能解释许多问题。[……]我觉得我的诗歌也是佩莱山式的，因为我的诗歌完全不是滔滔不绝的，可以时刻倾泻而出：我认为我的话语是稀有的。"[1] 一种"火山之诗"：它在漫长的沉默中，瞬间爆发出摧枯拉朽的力量，以滚烫的岩浆裹挟着所有词句向前奔去。就像一声呼号，是压抑许久的情感爆发，是伟大的抒情时刻。

仔细分析这澎湃的诗风，又可以总结出几个突出特征。首先，塞泽尔的诗歌是意象的盛宴，是词的盛宴。接连不断的意象构成了诗歌不竭的奔流。它们常以出人意料的方式组合在一起，于是我们看到"草原上绽放的毒花；栓塞割裂的爱的苍

---

[1] «Aimé Césaire: la poésie, parole essentielle», entretien réalisé à Paris en 1982 par Daniel Maximin à l'occasion de la publication du recueil de poèmes *Moi, laminaire* et de la réédition du *Cahier d'un retour au pays natal*, disponible sur http://cache.media.eduscol.education.fr/file/Aime_Cesaire/10/7/A_Cesaire_poesie_292107.pdf.

穹；发了癫痫的早晨；深渊沙海燃起的白色火光，野兽气味击中的黑夜里船的残骸缓缓下沉"。这些组合时而让人惊叹于诗人旺盛的想象力，时而也让人如入迷雾、如闻谵语。之所以如此，一个重要的原因是这些词语的异质性。它们来自不同时期、不同文化——加勒比海、非洲、埃及、古希腊与古罗马；它们属于不同学科——社会学、人类学、植物学；它们出自克里奥尔语、西班牙语、英语等不同语言，甚至是诗人自己生造的新词。不止如此，塞泽尔还时刻寻找着事物"最具体"的称呼。诗人说："我要的是一种具体的诗，特别安的列斯、特别马提尼克的诗。我要为马提尼克的事物一一命名，用它们的名字称呼它们。"[1] 当塞泽尔想说树木，他不会求助于笼统的概念，而是称它们为木麻黄、凤凰木、猴面包树、山扁豆……也正因如此，没有一位读者能够完全理解这些意象背后的丰富蕴含——它总是词语本意、它在特定文化中的内涵、它在直接文本语境中的含义与它在塞泽尔诗歌意象网络中的内涵综合作用的结果。这也就使得塞泽尔的诗歌在所有人眼中总是保有一份厚度与神秘感。

话虽如此，我们依然可以找到一些相对明确的解读路径。比如，诗人故乡马提尼克的日常生活经验，以及黑色人种的共同经历始终是组织意象的重要依据。我坚持认为，塞泽尔"超现实"的文学创作背后，始终有着相当"现实"的底色。塞泽尔在《论殖民主义》中说："我相信终有一天，当我们集齐所

---

1. Cité par Georges Ngal, *Aimé Césaire, un homme à la recherche d'une patrie*, Paris, Présence africaine, 1994, p. 167.

有要素，找出所有文献来源，弄清所有创作背景，我们也可以用唯物主义与历史的观点解读《马尔多罗之歌》，展现出这部癫狂史诗中完全不为人知的一面，即它是对一种非常确切的社会形态的无情揭露。"[1] 塞泽尔的作品何尝不是如此？所有夸张的幻想、疯狂的图景，或许也不过是为了揭示某种无法用理性之口宣告的真实。又比如，统观塞泽尔的诗歌创作，依然可以总结出一些典型意象。且举"树-人"一例。马提尼克岛丰富的热带植被让塞泽尔对树木情有独钟。对诗人而言，树木代表了人与文化之间一种理想的关系：树根深深扎入故乡的土壤，枝叶却自由伸展，毫无保留地投向世界。受德国人类学家列奥·弗罗贝纽斯1936年译入法语的著作《非洲文明史》影响[2]，他还将这种"植物性"存在视为全然打开自我、模仿世

---

1. Aimé Césaire, *Discours sur le colonialisme, suivi de Discours sur la Négritude,* Paris, Présence africaine, 2004, (1955, 1ère éd), p. 56—57.
2. 受非洲文化启发，弗罗贝纽斯提出了理解文明演进的两个关键词。其一是La Païdeuma，大致可理解为"生命力"（la force vitale），被认为是推动世界演进的力量。根据应对这种力量的不同态度，他将所有文明的源头分为两个大类，一种是"含米特文明"，它是"动物性"的文明，"在斗争中夺取生存的权利"；另一种是"埃塞俄比亚文明"，它是"植物性"的文明，遵循"植物的自然循环"。弗罗贝纽斯认为，无论人还是社会都无法控制Païdeuma的流变，植物性的"埃塞俄比亚文明"比动物性的"含米特文明"能够更好地适应生命力的变化，始终保持自我的生机与活力。因为它能将自身置于一种"被捕捉"（être saisi）的状态，毫无保留地向世界打开自我，顺应Païdeuma的变化而动。弗罗贝纽斯观点的科学性遭到人类学家的普遍抨击，塞泽尔自己也对其表示怀疑。但作为诗学意象，它极大启发了塞泽尔的诗歌创作。参见：Suzanne Césaire, «Léo Frobenius et le problème des civilisations», *Tropiques,* 1942, n°1, p. 30, *Tropiques (1941—1945), Op. cit.*。

界、达到物我合一的理想状态。故而在其诗歌中,树木的意象常与人乃至宇宙混同出现。诗人相信,这种极其敏感、极其自由的状态构成了对理性主义的丰富,它超越了空洞抽象的概念,重新回归世界本身。当他赞颂"无所发明"之人"放任自我,被捕捉,浸入万物的精华 / 不知表面却被万物的律动所捕获 / 无意驯服,却投身世界的游戏",所指的正是这一点。

那么如此丰富的意象又是如何被组织到一起的呢?塞泽尔诗歌的第二个特点在于大胆打破句法结构,以节奏驱动诗歌。诗人常常故意打乱句中各成分的顺序,甚至写出彻底语法不通的句子。而弥补这种语法破裂的便是节奏。并非舒缓、婉转的旋律,而是鼓点一般、脉搏一般的节奏。通过口语化表达、重复与重音——尤其是首语重复(Anaphore)、叠韵(allitération)与准押韵(assonance),诗人构建出一个层层相套、时急时缓的节奏体系。正如《还乡笔记》中最典型的段落之一:

> Ceux qui n'ont inventé ni la poudre ni la boussole
> ceux qui n'ont jamais su dompter la vapeur ni l'électricité
> ceux qui n'ont exploré ni les mers ni le ciel
> mais il savent en ses moindres recoins le pays de souffrance
> ceux qui n'ont connu de voyages que de déracinements
> ceux qui se sont assouplis aux agenouillements
> ceux qu'on domestiqua et christianisa
> ceux qu'on inocula d'abâtardissement[1]

---

1. Aimé Césaire, *Cahier d'un retour au pays natal*, Paris, Présence africaine, 1983, p. 44. 译文见本书第 39 页。

整体上看，节选前八句除第四句外均以"Ceux qui（qu'）"开头，构成了整段的基本节奏。后文又分别有"n"与"s"等辅音的叠韵，"a"与"em（en）"等元音的准押韵，构成了词汇间音素的重复。如此，每一种小重复都形成了自己单独的节奏，而几种节奏又被嵌套在基本节奏的框架中。

我们不难理解鼓点背后的文化内涵，鼓声是非洲人传递信息、发号施令的重要工具。诗歌对鼓点的模仿是在作品中融入非洲特色文化的途径。而在强力的鼓点之下，我们往往还没有理解一词一句的含义，就已经被节奏所带动，投入纯粹的意象流动之中，只知感受着或激昂或缓慢的节奏、或美丽或骇人的意象中传递出的欢愉或痛苦。这种出神陶醉的状态，便就这样从创作者那里被传递给了读者。

## 五、关于《论殖民主义》

从很多层面而言，《论殖民主义》就是塞泽尔非文学作品中的《还乡笔记》。它是作者反殖民思想最有力的论述，更是一经发表就激起广泛回响。弗朗兹·法农在著作《黑皮肤，白面具》开篇就引用了《论殖民主义》的语句："我要说的是这千百万的人，他们被巧妙地灌输了恐惧、自卑、颤抖、屈从、绝望、奴颜媚骨。"时至今日，《论殖民主义》依然是20世纪关于殖民问题的经典文章。

内容上，《论殖民主义》有以下三个突出特点。首先，塞泽尔表现出鲜明的马克思主义立场。他对殖民主义的批判与阶级斗争紧密联系在一起。文中多次提到资本主义扩张与殖民之间的联系。文章最后，作者明确将希望寄托于由无产阶级主导的社会，并期待有朝一日，无阶级社会的来临。他对美国"金融巨鳄"的警醒与对"苏联［……］例证"的引用都表达出作者的鲜明立场。

其次，塞泽尔的反殖民主义思想与他对黑人解放运动的思考紧密交织在一起。对塞泽尔而言，推翻殖民主义是解放黑人的必要途径，而他对殖民主义的思考主要建立在黑人种族的经验之上。这个问题上，我们可以从他1935年起在《黑人大学生报》上发表的文章，1956年、1959年两届黑人作家与艺术家大会上的发言，以及1960年出版的著作《杜桑·卢维杜尔：法国大革命和殖民问题》中，看出一以贯之的思想脉络。具体到《论殖民主义》一文中，这种两重性尤其体现在他对殖民主义与纳粹主义亲缘性的思考上。塞泽尔说，"资产阶级无法原谅希特勒之处，［……］是他在欧洲实施了迄今为止只与阿尔及利亚的阿拉伯人、印度苦力与非洲黑人相关的殖民主义手段。"这与西蒙娜·薇依（Simone Weil）关于殖民主义与纳粹主义的思考不谋而合。

最后，塞泽尔在揭露殖民剥削所带来的经济社会灾难时，也不忘关注西方资本主义社会不同场域的话语体系同殖民体制之间的共谋关系。他尤其雄辩地批判了地理学、宗教、历史学与社会心理学如何有意无意成为殖民主义的帮凶。这和他对殖民问题的文化维度的思考，以及对黑色人种尤其是美洲黑人的文化身份认同问题的思考是相互呼应的。

1950年前后是塞泽尔思想战斗性最强的时期：第二次世界大战结束不久，反殖民斗争的呼声一浪高过一浪，殖民体系摇摇欲坠，非洲诸国的独立不再是梦想。对作者而言，那是充满希望的年代，而《论殖民主义》便是作者对这个时代呼唤的回应。

鉴于思想史研究不是我的专业，我满足于上述对《论殖民主义》的基本介绍。不过，我还想再谈谈这篇文章的风格问题。一如《还乡笔记》，《论殖民主义》经历了扩充与修改。它的前身是1948年发表在《世界之路》(*Chemins du monde*) 杂志上的文章《不可能的交流》(«L'impossible contact»)[1]。它主要涵盖了《论殖民主义》的第一部分，即除开头排比外，论证殖民并不能真正带来交流的部分。1950年，《论殖民主义》首次在法国共产党支持的Réclame出版社出版单行本，1955年在非洲存在出版社再版。可以说，比之1948年的论文，新版《论殖民主义》真正变成了一篇檄文。正如《论殖民主义》的观点影响了50年代的《还乡笔记》，后者的风格也"感染"了这篇文章：塞泽尔的诗人之声不可抑制地涌现，将"2+2=5"的癫狂带入这篇"2+2=4"的文章。所以，我们看到文章开篇响亮有力的宣判："一个文明，若是无法解决自身机制所引起的问题，便是正在衰落的文明。一个文明，若是对自身最严重的问题视而不见，便是病态的文明。一个文明，若是对自己的原则虚与委蛇，便是垂死的文明。"所以，我们听到论述者塞

---

1. Aimé Césaire, «L'impossible contact», *Chemins du monde*, 1949, n°5—6, p. 105—111.

泽尔以诗人般恣肆的笔调如此列举他的敌人："饶舌的知识分子，满身恶臭爬出尼采的大腿，或是不知哪位七星下凡的卡兰达尔苏丹之子，还有父权主义者、热情拥抱者、腐败分子、拍背称赞者、异国情调爱好者、分裂分子、重农社会学者、催眠大师、吹牛大王、夸夸其谈者、想入非非者……"塞泽尔终究不是理论学家，《论殖民主义》也不是对殖民制度的学理分析。它是一份宣言、一封战书，它期待的不仅是观念的改变，更是可以改变现实的行动。

## 六、不可能的翻译

在这篇"跑题"许久的译后记最后，还是来谈一谈翻译问题。诗歌本就不可译，而塞泽尔的诗歌是不可译中更难译的那一种。这么说不是为了自我开脱，只是在翻译过程中确实遇到太多难以两全的情况，姑且列举一二，权当为流失的诗意做点补偿。

最突出的矛盾显然是《还乡笔记》中的音意矛盾：音韵与词义的翻译不可兼得，这是语言转换不得不面对的难题。那些只有在法语中才成立的音意结合，翻入中文难免顾此失彼。不得已，我的翻译原则以保留意象为主，若是可以通过中文发音的偶合贴近原文节奏，便顺势为之，但极少特意为押韵更改原文意象。这么做的原因有二：一是正如前文所言，塞泽尔笔下许多意象都有其特定的历史文化背景，不宜轻易改动；二是我对语言没有作者那般精妙的掌握，不敢代行诗人之职，唯恐凑出的韵律反而弄巧成拙。此外，对于塞泽尔故意打乱语法结构所营造出的错乱感，我在译文中也尽量予以保留。最后，塞泽尔在诗中还有不少新造的词汇，为了不在译文中消减它们的陌生感，我也会相应地对中文词语做出改变。

相比之下，《论殖民主义》的翻译相对明确。仅有一点需要补充，那就是为了还原作者雄辩、诗性的风格，我在译文里采取了一些较为文学化的处理方式，对作者所用比喻之喻体、具象之意象等，都做了较大程度的保留。

另一点我觉得需要说明的是注释。对这两篇不长的作品，注释篇幅大概算得上长篇累牍。我尽量避免在注释中掺杂过多的个人解读。译注主要有以下几种情况：首先是信息补充。无论《还乡笔记》还是《论殖民主义》中都有相当多涉及非洲或加勒比海地区自然地理、社会、历史、文化的内容，可能并不为读者所熟悉，所以我择其要点进行了说明。其次是对词义流失的补偿。一些词语的多义性在译文中必须做出取舍，我便将其他可能的解读在注释中说明。另有一些表达化用自法语成语、俗语，也会在译文保留意象的基础上在注释中做出解释。最后则是对少数实在不可译之处的说明。这点在《还乡笔记》中尤为明显。诸如文中的"西貒（Patyura）""卷行（verrition）"两词，学界对其含义仍有争议，故在注释中解释了争论原委及本文所选译法的原因。

以塞泽尔为代表的一批黑人法语作家在20世纪中叶发出了独特的声音。他们与法国经典作家用着相同的语言，却表达出相异的观点与思想；他们与中美、南美洲作家有着相似的境遇，却远不如拉丁文坛那般广为人知。我很荣幸能够成为塞泽尔这两部伟大作品的译者——很感谢九久读书人的何家炜编辑给我这个机会，也感谢华东师范大学的袁筱一老师让我参与到 2020 年国家社科基金重大项目"非洲法语文学翻译与研究"之中，并在此框架下完成本次翻译。

　　回到本文标题，我用"海岛""树"与"火山"来概括塞泽尔的文学创作。塞泽尔的作品诞生于漂泊的海岛，自始至终追寻着自我的出路。它像一棵笔直的树木，不断将根脉扎入土壤，从根源获得力量，又不断张开枝叶，触及四方文化。它是火山之诗，让我们被滚烫的岩浆灼烧，不自觉投入它创造的神奇宇宙。希望我的翻译能将塞泽尔作品的面貌传达一二，让更多读者了解到世界文学中这一掷地有声的呐喊。

2022 年 11 月 25 日，于南京

Aimé Césaire
Cahier d'un retour au pays natal © Présence Africaine, 1956
Discours sur le colonialisme © Présence Africaine, 1955
2024 SHANGHAI TRANSLATION PUBLISHING HOUSE (STPH)
All rights reserved.

入选"十四五"国家重点出版物图书出版规划

图字：01-2023-3049 号

**图书在版编目（CIP）数据**

还乡笔记 /（法）埃梅·塞泽尔著；施雪莹译；袁筱一，许钧主编. -- 上海：上海译文出版社，2024.8.
（非洲法语文学译丛）. -- ISBN 978-7-5327-9539-0

I. I565.25
中国国家版本馆 CIP 数据核字第 2024UJ9509 号

**还乡笔记**
[法]埃梅·塞泽尔 著 施雪莹 译
责任编辑 / 黄雅琴 装帧设计 / 周伟伟
上海译文出版社有限公司出版、发行
网址：www.yiwen.com.cn
201101 上海市闵行区号景路 159 弄 B 座
山东临沂新华印刷物流集团有限责任公司印刷

开本 889×1194 1/32 印张 5.75 插页 2 字数 100,000
2024 年 8 月第 1 版 2024 年 8 月第 1 次印刷
印数：0,001—3,000 册

ISBN 978-7-5327-9539-0
定价：58.00 元

本书中文简体字专有出版权归本社独家所有，非经本社同意不得转载、摘编或复制
如有质量问题，请与承印厂质量科联系．T：0539-2925659